Buch

Sie scheint nichts weiter zu sein als eine Reihe mächtiger Findlinge mitten in der Ostsee, wird kaum beachtet von den tausenden Touristen, die jedes Jahr zu Sommer den *Grünen Brink* bevölkern, ein langgestrecktes Areal im Norden der Insel Fehmarn, deren westlicher Teil Naturschutzgebiet ist und Zugvögeln Platz zum Brüten bietet.

Auf keiner Karte wird sie namentlich erwähnt, kein Schild weist auf sie hin, und nur älteren Bewohnern der Insel ist sie als *Adolf-Hitler-Mole* geläufig.

Dabei war sie einmal von verkehrsstrategischer Bedeutung. In den Vierzigerjahren war die Mole Ausgangspunkt für die geplante Beltquerung nach Skandinavien, bis das Projekt wegen des Zweiten Weltkriegs zum Erliegen kam.

Ein Dokumentarfilmer aus Frankfurt hat etwas Anderes im Sinn, als er die Insel im Jahre 2018 bereist. Sein Auftrag lautet, den Fortgang des Tunnelbaus zwischen Fehmarn und Dänemark zu verfolgen. Vor Ort muss er feststellen, dass das Vorhaben auf Eis liegt, weil die Genehmigungsverfahren auf deutscher Seite nicht vorankommen. Durch Zufall erfährt er von der Hitler-Mole und macht sich auf, deren Geheimnis zu ergründen. Er stellt erstaunlichen Parallelen zwischen den Planungen damals und heute fest.

Jahrzehnte zuvor steht die Mole im Mittelpunkt des Treibens einer Kinderschar, die im beschaulichen Dorf Altenkamp wohnt und das Terrain vor der Ostseeküste als ihren Spielplatz beansprucht.

Eines der Kinder, der zehnjährige Arne, freundet sich mit dem geheimnisvollen Nico an, der, mit seiner kleinen Enkelin auf dem Arm, wie aus dem Nichts auftaucht. Dieser Mann beichtet dem Jungen seine Angst, der Bau der *Vogelfluglinie* – eine Brücke über den Sund und die Fährverbindung nach Dänemark, realisiert 1963 – sei wohl nicht das letzte Vorhaben dieser Art gewesen. Er bangt um den Bestand des Brinks und fürchtet, der allgegenwärtige Fortschritt würde die Natur dieser einmaligen Region zerstören. Nico ist sicher, dass sie, die Natur, sich irgendwann gegen die rücksichtslosen Planungen der Menschen wehren wird.

In der warmen Jahreszeit nur bekleidet mit einem Lendenschurz, im Haar eine Vogelfeder, wird Nico von den Bewohnern Altenkamps argwöhnisch beäugt, was Arnes Freundschaft zu ihm nicht beeinträchtigt.

Den anderen Brinkkindern ist der Mann, der weder schwitzt noch friert, unheimlich. Seine Enkelin Levke ist Teil der Gruppe, lässt aber auf ihren Großvater nichts kommen.

Eines Tages werden die Insulaner Zeuge, wie sich Nicos düstere Vorahnungen in erschreckender Weise bewahrheiten.

Autor

Burkhardt Schmidt wurde 1954 in Puttgarden auf Fehmarn geboren, ging auf das Gymnasium in Burg und wohnte lange Jahre in Hamburg.

Er lebt heute wieder auf seiner Insel.

Burkhardt Schmidt

Eine Insel. Eine Mole. Ein Tunnel.

Die Kinder vom Brink

Roman

Bibliografische Information der Deutschen Nationalbibliothek:
Die Deutsche Nationalbibliothek verzeichnet diese Publikation
in der Deutschen Nationalbibliografie; detaillierte bibliografische Daten
sind im Internet über dnb.d-nb.de abrufbar.

TWENTYSIX – der Self-Publishing Verlag
Eine Kooperation zwischen der Verlagsgruppe Random House GmbH
und der Books on Demand GmbH

Layout, Satz sowie Umschlaggestaltung:
Der Autor
(Verwendung fanden Fotos von Pexels und Pixabay)

Gesetzt aus der Minion Pro

Herstellung und Verlag:
BoD – Books on Demand GmbH, Norderstedt
ISBN 9 783740 762568

Was kümmert mich der Schiffbruch der Welt,
ich weiß von nichts als meiner seligen Insel.

Friedrich Hölderlin

Treffen sich zwei Bauern.
»Sag mal: Rauchen deine Kühe?«
»Nö. Wieso?«
»Dann brennt deine Scheune.«

Liebe Leserin, lieber Leser,
es gibt in dieser Geschichte eine Vielzahl handelnder Personen. Um den Überblick nicht zu verlieren, finden Sie sie neben einem Inhaltsverzeichnis am Ende dieses Buches aufgelistet.

1

Absenktunnel – Kilometer Null

»Ruhe, bitte!«

»Ton ab!«

»Läuft!«

»Kamera ab!«

»Kamera läuft!«

»Klappe!«

»Beltquerung eins, die erste.« Dieser vollbärtige Trottel von Assistent knallte die Hölzer zusammen, als wolle er die Insel mit einem Schlag von sämtlichen Fliegen befreien.

»Alwin, bitte!«, rief Pfeffer-Ulmen nach einer Schrecksekunde.

»Der August neigt sich dem Ende entgegen, aber dieser Sommer will nicht lockerlassen. Boshaft sendet er Tag für Tag brennende Sonnenstrahlen auf das ungeschützte Land. Land, dem kein Schatten geboten wird und das dem krank dreinschauenden Weizen keinen geben kann. Der Mais lässt die verdorrten Kolben hängen, die kümmerlichen Stengel tragen die Last ohne Mühe. Ich stehe hier, liebe Zuschauer …«

»Stopp! Stopp das Ganze!« Kay-Dante Pfeffer-Ulmen sog hörbar Luft ein. »Alwin, wir drehen eine Doku. Eine *Doku*, verstehst du?« Der jahrelange Umgang mit solchen Stümpern hatte ihm Magengeschwüre beschert, mittlerweile aber wähnte er sich gefeit gegen jede Art von Dilettantismus. Souveräne Geduld war gefragt, altersmilde Gelassenheit. »›*Vom Winde verweht*‹ ist schon im Kasten. Und ich glaube, wir hatten uns darauf verständigt, dass unser Thema *Beltquerung* lautet. -querung, okay? Und nicht -quälung. Auch nicht Zuschauerquälung. Verstanden, Alwin?«

»Ich dachte, KD, ich biete zum Einstieg …«

»Du sollst aber nicht denken. Du sollst einfach kommentieren. Erklären. Das ist dein Job, Alwin. Verrate deinen Zuschauern, was sie bei dem, was sie sehen, also was sie zu sehen glauben, eben *nicht* sehen. Hintergründe, Alwin. Hintergründe zum Tunnelbau. Tatsachen, Fakten.« Er zog ein Taschentuch hervor, wedelte es auseinander und wusste schon vor Gebrauch, dass es unnützt sein würde. Diese verdammte Hitze! Seit dem frühen Morgen schon. Elender Staub, verfluchter, und diese mörderische Trockenheit! Wie vorauszusehen, war das Tuch tropfnass, als Pfeffer-Ulmen es über Hals und Stirn gezogen hatte.

Und kein Wind. Gar keiner. Was ist das für eine Insel, dachte er, auf der sich kein, überhaupt *kein* Lüftchen regt?

»Ja, aber …«

»Alwin!« Sein Name war so ziemlich das Einzige, was Pfeffer-Ulmen im Umgang mit diesem Amateur, der nach zwei Jahren immer noch nichts gebacken bekam, Freude bereitete.

Alwin. Er hatte sich in diesen Namen regelrecht verliebt und seine Frau überredet, doch nochmal einen Hund anzuschaffen, den er, bevor ihr ein Name einfallen konnte, Alwin taufte.

»Alwin, hör zu! In einem hast du recht. So verdammt recht! *Dieser Sommer lässt nicht locker* – was einigen Gemütern nachweislich schadet. Diese Sonne, die einem ewig aufs Haupt brennt, sie richtet etwas an. Nichts Gutes, Alwin! Denn wenn jemand Weizen ausfindig machen kann, der *krank dreinschaut*, von dem muss ich annehmen, dass ihm die ständige Sonneneinstrahlung zu schaffen macht. Verstehst du?«

»KD, ich wollte wirklich nur …«

»Noch eins, Alwin. Nicht, dass ich es dir bei gebotenem Anlass wünsche, aber *wenn* jemand seinen *kümmerlichen Kolben hängen* lässt, dann im Zweifelsfall *du*. Maiskolben hängen eher *nicht!* Verstehst du?«

»Herr Pfeffer-Ulmen, es ist jetzt gleich halb vier und wir müssen noch …« Sie brachte den Satz unter seinem vernichtenden Blick nicht zu Ende, diese ewig nervende *Buchhalterin des Grauens*, wie Möller selbst sie nannte, Möller, der ihm diese Hyäne auf den Hals gehetzt hatte.

Es sei seine Aufgabe als Produzent, die Kosten nicht aus dem Ruder … laber, laber, laber.

Und nun stand sie auf Schweißnähe neben ihm, das Klemmbrett mit den Kosten-nicht-aus-dem-Ruder-laufenden Sollzeiten zwischen ihren faltigen Bauch und den mächtigen Busen gestemmt und leierte die Budgetvorgaben halbstündlich runter, doppelt so pünktlich wie eine Atomuhr.

Auch Alwin hatte ihm der Produzent aufgeschwatzt, weil Bernie, diese dämliche Tucke, sich im Urlaub auf Mykonos – wo sonst?! – das Bein gebrochen hatte und nun wochenlang ausfiel. Eigentlich ein guter Mann … na ja … Kommentator, wenn er seinen Text nur nicht so daher plärren würde. Aber formulieren, Interesse wecken, das konnte Bernie. Im Unterschied zu seinem Vertreter, der aber neben seinem hinreißenden Vornamen über eine angenehme Sprechstimme verfügte.

Aber … *krank dreinschauender Weizen* … Mann, Mann!

Nicht zum ersten Mal fragte sich Pfeffer-Ulmen, was in Dreiteufelsnamen er zusammen mit einer Bande von Vollidioten auf dieser Insel verloren hatte.

Fehmarn.

Er hatte googeln und zu seinem Erstaunen feststellen müssen, dass sich hinter diesem Namen kein Wikingerboot, sondern die drittgrößte deutsche Insel verbarg.

Fehmarn? Nie gehört.

Hätte Möller ihn nicht nach Sylt schicken können? Seine Frau hatte ihn, als er ihr den Drehort verriet – sie wusste so wenig von der Insel wie er – so merkwürdig angesehen. Mitleidig? War es möglich, dass ihm die Produktionsgesellschaft mit der Wahl dieses gottverlassenen Eilands zu verstehen gab, seine Zeit laufe langsam ab? War es das?

Noch als die Mannschaft durch diesen seltsamen Bügel fuhr, der die Brücke zur Insel überspannte, hatte Pfeffer-Ulmen das für unmöglich gehalten.

Ja, wer war er denn?! KD nannten sie ihn respektvoll, so ein prägnantes Kürzel wurde nicht jedem zuteil. Pfeffer-Ulmen, Spielleiter spielerisch leichter, dennoch anspruchsvoller Dokumentationskost, fernab jener furztrockenen, zu Tode langweilenden Neunzig Minuten-Zumutungen vieler sogenannter Realfilmer, die es – weiß der Teufel wie! – auf die Mattscheibe gebracht hatten.

Nein, außer ihm und den geschätzten Kollegen der BBC gab es ernsthaft nicht *einen*, der auf dieselbe Stufe des Podestes gehörte, auf den Olymp der Dokuregisseure.

Dreimal – *dreimal!* – wurden ihm höchste Weihen zuteil, und Werke von ihm fanden sich auf großem weißen Tuch wieder! Es war zwar schon ein paar Jahre her und das Kino hatte sich jeweils nur zu einem Drittel gefüllt. Aber – es hatte sich ausnahmslos um *Kenner* gehandelt! Leute, die zu schätzen wussten, was sie auf der Leinwand sahen.

Erneute Zweifel keimten auf, als Stegmann, ein ihm von Möller zugewiesener Stümper von einem Regieassistenten, nach längerer erfolgloser Suche einen Einheimischen fragte, wo er denn nun sei, der Tunnel.

»Tunnel? Wat för'n Tunnel? Ik weet nix vun een Tunnel!«

Schon manches Mal in seiner Laufbahn war Pfeffer-Ulmen an indigene Völker geraten, aber hier? Vorsichtshalber hatte er noch einmal nachgefragt, ob die Insel wirklich zu Deutschland gehöre. Ihm kam der Verdacht, dass die Gedankenverbindung zu den Wikingern gar nicht so weit hergeholt war.

Nachdem sie auf weitere Exemplare dieser Urlaute ausstoßenden Einwohner getroffen waren *(wat för'n Tunnel?)*, bat der verwirrte Regisseur Möllers Sollerfüllungswalküre, ihr Klemmbrett fürs Erste beiseite zu legen und nach einem Dolmetscher Ausschau zu halten, was sie brüsk von sich wies.

»Nehmen Sie die Landstraße Richtung Puttgarden und biegen Sie eingangs des Ortes nach Marienleuchte ab, dann sind Sie da.« Sprache und Wortwahl des Mannes ließ Pfeffer-Ulmen auf einen Zugereisten schließen.

Dann *waren* sie da.

Nichts. In der Ferne zwei einsame Schilder mit Firmennamen. *Hier entsteht* … Sah eher nach Kinderspielplatz aus. Für Sekunden durchzuckte ihn die freudige Hoffnung, sie wären auf der falschen Insel gelandet.

»Da kommen Sie am besten in zehn Jahren wieder«, belehrte

ihn eine Frau, die ihre Fahrradtour unterbrach. »Da sollten die gröbsten Planungen und Verfahren soweit abgeschlossen sein.«

Sie waren leider am richtigen Ort, aber der Hinweis der Frau machte ihm neuen Mut, vorzeitig abreisen zu können. Erst als sie sich über den *Scheißtunnel* ausließ, vermutete Pfeffer-Ulmen, dass der Wunsch der Vater ihrer Gedanken war und es nicht annähernd zehn Jahre bis zur Fertigstellung des Bauwerks dauern würde.

Große Augen sahen ihn an. »*Fertigstellung?* Mann, ich rede von der Phase bis zum *Baubeginn!*«

»Also, Alwin. Du hast dich mit den nötigsten Informationen versorgt? – Gut. Dann stell dich so vor die Ostsee, dass der Zuschauer mit etwas Fantasie glauben könnte, die Bauarbeiten wären in vollem Gang. – Walter!«, rief er dem Kameramann zu, der nicht bis drei zählen konnte, aber ein Händchen für Bilderwirkung besaß. »Halt so auf Alwin, dass der Bahnhof da ein Stück Hintergrund bildet und man ihn für einen Teil der Baustelle halten könnte.«

»Aber, Herr Pfeffer-Ulmen!«, protestierte es hinter ihm. »Das können Sie nicht machen! Da ist keine Baustelle!«

»Richtig, Klemmbrettchen.« Kay-Dante Pfeffer-Ulmen geriet ob der Vorfreude über das, was er ihr jetzt sagen würde, in Hochstimmung. »Das merkt nur keiner, wir können heute noch die Zelte abbrechen und Sie dürfen dem Produzenten freudig erregt mitteilen, dass der wunderbare Regisseur dieser hervorragenden Dokumentation nicht mal einen Bruchteil der veranschlagten Kosten verursacht hat. Möller wird es begeistert zur Kenntnis nehmen. Und wenn Sie Glück haben, steht die Besetzungscouch gerade leer. – Und jetzt: Ruhe bitte!«

2

Die Mole

Der stramme Wind trieb die Wellen gegen die mächtigen Findlinge, die nahmen die Wucht der See mit Gelassenheit hin, ließen den Schwall über sich ergehen, um ihn abzuschütteln wie einen nassen Lappen.

Das Wasser zog sich für einen Moment zurück, Sonnenstrahlen spiegelten sich in den flachen Pfützen, die in den Unebenheiten der Felsbrocken entstanden waren, um Sekunden später von der nächsten Woge wieder überspült zu werden.

Algen und Flechten, die die Steine dicht bewuchsen, wurden von der See aufgewirbelt, um bei ablaufendem Wasser zu einem glitschigen Teppich verdichtet zu werden.

»Pass op, Jung!«, zischte Nico leise und fasste den Kleinen bei der Hand. Um ein Haar wäre Arnes Fuß abgeglitten und in einer Spalte verschwunden. Nico sah zu ihm herunter, seine Linke vollführte einen kleinen Wirbel. »De Steen sünd rutschig as Glatties. Un dann de Wind dorto.«

Leise schimpfte Arne mit sich. Wie oft hatte sein Freund ihn gewarnt. Gewarnt vor der Glätte auf den Felsen, vor ihren scharfen, schneidenden Kanten. Wieder einmal hatte er die Mahnungen in den Wind geschlagen und war unachtsam gewesen. Nico sagte es nicht, aber Arne sah es in seinem faltigen Gesicht: »Mit tein Johr weet man nich allns beeter!«

Mit der Mole sei nicht zu spaßen, hatte Nico ihm eingeschärft. Eigentlich wusste Arne, dass man nicht über die Steine hüpfen durfte, als seien sie der Schulweg. Oder der neue Asphalt der Dorfstraße, auf dem es sich so schön lief, auch barfuß, im Sommer, warm unter den Sohlen, anders als auf dem rauen Schotterweg rüber zum Teich, wo sie ihre Füße ins Wasser hielten und den Alten beim Angeln zusahen, wenn die Tage so waren, dass sie die Geduld aufbrachten, denn eigentlich war Angeln langweilig, besonders, wenn man nur zuschaute. Den Männern, die Zigaretten rauchend die Ruten übers flache Wasser schweben ließen und denen es egal war, ob sie etwas fingen; meist bekamen sie nichts an den Haken.

Arne hatte mehr Glück, denn er war mit seinem Freund Nico unterwegs, draußen auf der Mole, wo es massenhaft Knurrhahn gab, den grauen, der nicht so groß war wie der rote, aber allemal größer als die Fische, die Arnes Vater und seine rauchenden Kumpel fingen. Keine nämlich.

Mit Nico an der Seite fing er immer welche, nicht mit einer Angel, einer langen Rute und einer Kurbel, an der die Männer vom Dorfteich so affig drehten, mit der Kippe im Mundwinkel, so taten, als hätten sie einen mordsmäßig großen Fisch an die Leine bekommen.

Er brauchte nur einen kurzen Bindfaden mit einem Haken und einem Stück alten Brotes als Köder, und der Knurrhahn biss an. Und wenn er einem den Gefallen nicht tat, der graue Knurrhahn, dann legte man den Faden beiseite, denn das klare Wasser zwischen den Steinen der Adolf-Hitler-Mole war so flach, dass man den Fisch bequem mit der Hand greifen konnte, sich nur hüten musste vor den Stacheln und der Hornhaut, denn die konnten wehtun.

Und natürlich durfte man den Knurrhahn nicht mit dem Petermännchen verwechseln, denn das war giftig und wurde deshalb auch nur von den Franzosen gegessen, Franzosen aßen so ziemlich alles, sagte seine Mutter, auch giftige Sachen. Und Beine von Fröschen, die sie ihnen einfach ausrissen.

Mutter bereitete gern Knurrhähne zu, eine anstrengende Arbeit, aber sie schmeckten nun mal gut. Deshalb fing Arne so viele, wie er erwischen konnte, und warf die zappelnden Fische in einen Eimer. Und auf der Mole wimmelte es von ihnen.

Im flachen Wasser waren sie leicht zu sehen, und wenn man sie nicht sah, weil sie sich in einer Spalte zwischen den Steinen verbargen, konnte man sie hören, ein seltsames Grunzen, wie es, sagte Nico, nur der Knurrhahn machte. Nein, dachte Arne, nicht nur der.

»Dor is noch een«, grunzte Nico wie ein Knurrhahn, zeigte zwischen zwei Steine, kassierte aber sofort einen unwilligen Blick, nicht des Grunzens wegen, sondern weil Arne es hasste, wenn jemand offenbar der Meinung war, er würde die Fische nicht selbst finden. Dabei war er inzwischen ein Profi, wie die Nationalspieler, die gerade Weltmeister gegen die Holländer geworden waren. Das sagte er Nico nicht, denn sein großer Freund war kein Fußballfan, aber Arne hoffte, Nico würde eines Tages von sich aus sagen, dass der Junge Knurrhähne fing wie ein Profi.

Sie hatten fast das Ende des Steinwalls erreicht, und die Steine wurden kleiner, lagen tiefer im Wasser und fanden kaum einmal den Weg an die Oberfläche. Die Findlinge schienen den Männern damals ausgegangen zu sein, damals, als es mit der Beltquerung losgehen sollte.

Anders war es auch nicht zu erklären, dass diese Mole – im Unterschied zu anderen – ihren Anfang mitten in der Ostsee hatte. Tatsächlich, sie begann einige Meter vom Strand entfernt! Es war ziemlich rätselhaft.

Hier war der Hafen für die Fähren gedacht gewesen, die die Reisenden in das Land übersetzen sollten, das früher einmal Dänemark hieß und dann zu Deutschland gehörte. Das hieß damals auch anders, nämlich Deutsches Reich, wie Nico sagte, und sollte mindestens tausend Jahre Bestand haben. Hatte aber nicht ganz gelangt.

Arne verstand nicht jedes seiner Worte, aber ihm war klar, dass für tausend Jahre Bestand besonders gute und große Steine gebraucht wurden, und solche lagen hier, zweifellos. Das wusste er, weil er inzwischen nicht nur Profi für Knurrhähne war.

Es habe damals, so Nico, und es sei noch gar nicht so furchtbar lange her, einen Mann gegeben, der war der Chef vom Deutschen Reich und habe Adolf Hitler geheißen, und nach ihm sei die Mole benannt worden. Adolf-Hitler-Mole eben.

Gebaut worden sei die Mole, sagte Nico, *in den Vierzigern*. Anfang *der Vierziger*. Arne wunderte sich, dass es die gab, *die Vierziger*. Sonst sprachen die Erwachsenen immer nur von *nach Fünfundvierzig*. Das, oder *nach dem Krieg*. So wie sie *nach Ostern* sagten oder *nach dem Frühstück.* Ob es vor *Fünfundvierzig* außer Krieg noch was anderes gab, verrieten sie nicht.

Arne war stolz, dass sein Freund ihm das steckte, denn nun konnte er seinen Schulkameraden erklären, warum die Mole so hieß. Das wusste nicht mal sein Dorfschullehrer, als er den danach fragte. Der hatte auch von Adolf Hitler noch nichts gehört. Arne freute sich, dass es etwas gab, worin er seinem alten Lehrer überlegen war.

Nico hatte ihm nicht gesagt, wie die Geschichte weiterging mit Adolf Hitler, nur, dass der Plan von der Fährverbindung schon zu seiner Zeit aufgegeben wurde, weil das Land westlich von der Mole, Grüner Brink genannt, ein sehr schönes Land, wie auch Arne meinte, weil das in ein Naturschutzgebiet umgewandelt wurde. Alle Tiere und Pflanzen, die dort lebten, waren jetzt geschützt, und weil die Enten, Schwäne und die anderen Vögel, die dort nisteten, zum Eierlegen Ruhe brauchten, war jeder Baulärm verboten worden. Arne hielt das für sehr vernünftig.

Vor elf Jahren, also nachdem das Tausendjährige Reich schon einige Zeit wieder vorbei war, hatten sie auf der anderen Seite der Insel eine Brücke gebaut. Die Fähren, die dort zwischen Fehmarn und dem Festland hin und her fuhren, hatten sich inzwischen als zu klein erwiesen, weil der Verkehr immer stärker geworden war. Es hatte keinen Ärger mit Naturfreunden gegeben, sagte Nico, weil an dieser Küste kaum Seevögel zu sehen waren. Es gab auf beiden Seiten des Sunds nur die Anleger, sonst Wiesen, Ufer und auf Fehmarn eine kleine Werft.

Nico, der den Nachnamen Wallerstam trug, ein ungewöhnlicher Name für die Insel, und das fand nicht nur Arne, verzichtete beim Rückweg auf jede Ermahnung, weil der Junge ihm versprach, wegen der glatten Steine nun besser aufzupassen.

Er selbst hüpfte von Stein zu Stein wie ein Eichhörnchen von Ast zu Ast. Arne hatte es noch nie erlebt, dass sein Freund ausgeglitten wäre oder sich an einem scharfen Grat geschnitten hätte, wie es ihm selbst häufiger passierte. Nico schwebte geradezu über die Mole. Das stellte Arne sich schwierig vor, da Nico einen ziemlich gebückten Gang hatte   irgendwelche Gelenke machten nicht mehr mit. Oder verkürzte Muskeln. Wahrscheinlich auch im Hals, denn manchmal konnte man ihn kaum verstehen, dann hüpften seine Worte wie ein Knurrhahn, den man nicht gleich richtig erwischte. Warum das so war, wusste auch Nico nicht. Oder er wusste es und wollte nicht gern darüber reden.

Man hatte Arne oft gesagt, dass Nico ein seltsames Bild abgebe, wenn man ihm vom Strand aus zusah. Bis auf einen Lendenschurz nackt sprang er über die Findlinge, die Vogelfeder in dem bunten Stirnband ragte wie ein Wimpel über seinen Kopf hinaus.

Die Meinungen der Einwohner von Altenkamp über Nico Wallerstam gingen auseinander; die einen übten Toleranz und nahmen sein Gebaren achselzuckend hin – *nu laat em doch* –, andere hätten den Umgang dieses Spinners mit dem zehnjährigen Jungen am liebsten verboten oder führten Schlimmeres im Schilde.

An Land half Nico ihm, ein Tuch über den Eimer zu streifen, den Arne zuvor mit Seewasser aufgefüllt hatte. Seine Mutter bestand auf lebendem Fisch, der einfach frischer schmeckte, wie sie meinte. Töten und ausnehmen musste sie ihn allerdings nicht. Das war die Arbeit von Arnes Vater.

Nico Wallerstam war deutlich älter als Arne, aber, wie der fand, nicht zu alt, um sein Freund zu sein.

Er arbeitete auf dem Hof von Arnes Eltern, war dort für alles Mögliche zuständig – er molk die Kühe, half bei der Ernte, machte die Ställe sauber.

Niemand im Dorf wusste noch, wie lange Nico schon da war. Eines Tages stand er vor der Tür der Johnsens und fragte, ob man Arbeit für ihn habe. Arnes Vater Reimer brauchte zu dieser Zeit tatsächlich einen Hofhelfer, mit Blick auf die hagere, gebeugte Statur des Fragestellers und sein oft unverständliches Gebrabbel blieb er zunächst aber skeptisch. Doch es blieb ihm nichts anderes übrig, als Nico Wallerstam einzustellen, denn der Mann, Mitte fünfzig, stand nicht allein vor der Tür. Auf dem Arm hielt er ein kleines Mädchen, wohl im Alter der beiden Johnsen-Buben. Reimers Frau Frieda ging das Herz über, als sie die Kleine sah, sie griff zum Taschentuch, putzte dem zierlichen Wesen die triefende Nase, und von Stund an gab es auf dem Hof Johnsen *drei* Kinder.

Ohnehin hätte der Bauer mit der Wahl Nicos keinen Missgriff getan – der leistete trotz aller körperlichen Einschränkungen ordentliche Arbeit und war sehr zuverlässig.

Woher er kam mit dem Kind auf dem Arm, was er bis dahin gemacht hatte – es wurde so gut wie nichts über den seltsamen Mann bekannt, und es war wenig aus ihm herauszubekommen. Er schien selbst nicht viel über seine Vergangenheit zu wissen. Immerhin wusste er, dass die kleine Levke sein Enkelkind war.

Es gab auch kaum eine Gelegenheit, ihm etwas zu entlocken. Im Dorf war er selten zu sehen, eigentlich nur, wenn er mit seinem alten Fahrrad zum Kaufmann fuhr, um Milch für die Familie zu holen. Man konnte ihn schon von weitem hören, weil die Blechkanne, die fünf Liter fasste, beim Fahren immer gegen die Gabel des Vorderrads schlug. Das passierte häufig, denn Nico war ein unsicherer Fahrradfahrer. Er schlingerte hin und her und das nicht nur, wenn er die schwere Kanne durch die Gegend fuhr.

Arnes Vater ließ ihn alles machen, nur eines nicht: Trecker und andere motorisierte Fahrzeuge bewegen. Damit hatten beide schlechte Erfahrungen gemacht. Nicos Gliedmaßen bewegten sich mitunter ähnlich unkontrolliert, wie seine Worte klangen. Man musste befürchten, dass er sich auf die Zunge biss oder gegen einen Baum fuhr.

Er selbst kommentierte diese körperlichen Schwächen nicht, und niemand hatte den Mut oder die Unverfrorenheit, ihn darauf anzusprechen. Auch Arne nicht, der so gern gewusst hätte, was dem Freund widerfahren war, dass er solche Ausfälle hatte.

In Momenten, in denen er von diesen Verhaltensweisen verschont blieb, konnte Nico konzentriert und fließend reden. Dann konfrontierte er Arne gern mit ausgefallenen Ideen – zum Beispiel war er überzeugt, dass die Milch in der Kanne, die gegen sein Rad haute, *genau die* war, die er gemolken hatte. Er musste sie also melken, an die Meierei abliefern, die sie aufbereitete und an den Kaufmann weiterverkaufte, wo Nico sie wieder abholte. Und weil er das für problematisch hielt, wurde auch er für problematisch gehalten. Warum, dachten die Leute, sollte man so einen Kreislauf in Frage stellen?

Manchmal gab er Arne von der Milch, die er gerade gemolken hatte, und versuchte ihn davon zu überzeugen, dass sie so tatsächlich am besten schmeckte. Natürlich und frisch und ohne Umwege. Arne sagte: ja, wenn sie nur nicht so warm wäre. Und mitunter schwamm auch dicke Haut obendrauf. Arne trank lieber die Milch aus Wielandts Kaufladen. Oder aus den Supermärkten, von denen es jetzt immer mehr gab. Da bekam man sie in praktischen Tüten statt in einer Blechkanne.

Die Worte, die Nico an Arne richtete, wurden begleitet von ausladenden Bewegungen seiner Hände. Sie drehten sich, stachen in die Luft, wirbelten, kreisten. Dabei wurde der ganze Körper in spiralartige Windungen versetzt. Es war eigenartig, aber auch faszinierend.

So war es nicht verwunderlich, dass die Altenkamper Nico in eine Schublade steckten und den Schlüssel abzogen. Die liberal Gesonnenen hielten ihn für verschroben, die anderen für einen verrückten Gnom, vor dem man sich in Acht nehmen sollte. Ihnen allen tat die kleine Levke leid.

Im Großen und Ganzen allerdings ließen sie Nico Wallerstam in Ruhe – wenn es einmal garstig wurde, stellte sich Reimer Johnsen, ein aufrechter, allseits respektierter Mann, schützend vor ihn.

Um es in Nicos schwankender Sprache zu sagen: Die Leute hielten ihn für *bregenklöterig*. Er aber war bei klarem Verstand und nahm es gelassen hin, wurde nie aggressiv, wenn man ihn Geringschätzung spüren ließ, wurde nie ausfallend, blieb immer höflich.

Arne hörte ihn nur schimpfen, wenn die verdammte Milchkanne gegen die Gabel seines Fahrrads schlug.

3

Twee Latten, 'n beeten Farv

Mistviech! Matthäus Blank passte den richtigen Moment ab – reine Routine – und schlug mit der Schaufel zu.

Die fette, durch die Hitze träge gewordene Ratte zuckte noch ein-, zweimal und gab Ruhe. Binnen kurzer Zeit würden sich die Krähen über den Kadaver hermachen, sich an seinen Adern rote Schnäbel holen, um ihren größten Durst zu stillen. Das Gift, mit dem die Ratten verseucht waren, machte den Vögeln nichts aus; Matthäus Blank schmiss kein Scheißzeug auf seine Äcker, nur einwandfreie, lizenzierte Mittel, die zwischen Nutz- und *Drecksviechern* unterschieden. Wenn es um Ratten ging, waren die Krähen seine Verbündeten. Nur dann.

Um es den Vögeln leichter zu machen, schaufelte Blank das tote Tier im hohen Bogen auf eine freie Fläche, vielleicht nicht zufällig in die Richtung, in der sich Leif Johnsen gerade den Schweiß von der Stirn wischte, mit einem blütenweißen Taschentuch, wie der Bauer missbilligend bemerkte. *Dat schneewitte Dook passt to em!* Leif war immer anders gewesen, und jetzt, da er sich wieder auf der Insel herumtrieb, schien sich daran nichts geändert zu haben.

Der ältere Sohn von Reimer Johnsen hatte Marotten, die nicht hierher passten, schon in seiner Jugend war das so gewesen. Hatte sich immer für was Besseres gehalten. *Jümmers de Nääs in de Bööker.* Die machten keinen Dreck unter den Fingernägeln. Blank verzog das Gesicht. *Har Buer warn schullt, de Bengel.* Hatte auch Reimer für selbstverständlich gehalten. *Wullt he nich.* Ging in die Großstadt, studieren.

Vom Bautechniker zum Polier hatte er es gebracht. Als Leitender Bauingenieur war er nun wieder in seine Heimat gekommen. Blank schnaubte. *Schmiet sick bannig in de Bost.* So was hatte man hier nicht gern. Auf Fehmarn war man bodenständig, denn die Insel *war* Bodenland. Äcker, Wiese, Feld. Kein Studiertenland.

Auch kehrte man nicht in die Heimat zurück, um seinen Leuten, seinen alten Freunden – wenn man denn welche hatte! – in den Rücken zu fallen und diesen Schandtunnel zu bauen. Machte man nicht! Und schon gar nicht, wenn man die ganzen Jahre in Feindesland lebte. War ja der Gipfel! Kam direktemang von der anderen Seite des Belts, um uns ihre Scheiß-Röhre vor die Nase zu setzen!

Sorgsam faltete Leif sein Taschentuch zusammen – *Mann, is de etepetete!* – sah zu Matthäus Blank hinüber und winkte kurz. Ein knappes Kopfnicken war die Antwort – Reimer Johnsen konnte ja schließlich nichts für seinen missratenen Sohn – aber der Bauer hoffte, dass Leif die Kopfbewegung auf die Entfernung nicht bemerkt hatte. Man sollte auf Abstand achten, blaue Kreuze allein reichten da nicht.

Wobei – die Einladung zu Wenkes Hochzeit hatte er gern angenommen. Reimers Enkelin – *dat weer ’ne Fehmarnsche!* Von echtem Schrot und Korn. Wie ihre Mutter Solveig. Wenke hatte zwar einige von denselben Flausen im Kopf wie Leif – Völkerverständigung, Europa muss zusammenwachsen und so – aber die feste Beltquerung, von wegen knapp zwei Stunden bis Kopenhagen und *all den Tüüdelkram* – da war sie strikt dagegen. Umweltschutz stand an erster Stelle. Kam sowieso nie weg von der Insel. »Hab’ keine Zeit.« Auf Johnsens Reiterhof im Osten wuseln von morgens bis abends. Dann noch surfen – na ja. Muss jeder selbst wissen. Dazu musste sie auch nicht nach Kopenhagen.

Leifs jüngerer Bruder Arne war ebenso vehement gegen die Feste Beltquerung. Wie ihrer beider Vater Reimer. Der hatte wie zu allem auch dazu eine klare Meinung.

Arne, lange Jahre Journalist in Kiel, war zwar auch ein Bücherwurm, hatte sogar selbst ein Buch geschrieben – aber darin befasste er sich mit Landwirtschaft. Nicht mit herkömmlichem Ackerbau, nee, ihn drängte es – später auch praktisch – in Richtung … wie hieß das noch? … ökologischen Anbau. Und das in seiner Heimat, in Altenkamp. Bio, so die Richtung. Blank hatte angenommen, dass Reimer sich nachher ärgern würde, seinen Sohn bei dessen Neuausrichtung unterstützt zu haben, wenn der mit seinem Kram auf die Nase fiel. Aber das war nicht passiert. Im Gegenteil! Sein Hof lief gut und warf tatsächlich etwas ab. Donnerwetter! Tja, der Verbraucher, das unbekannte Wesen.

Eine Krähe flatterte aufgeregt um die tote Ratte. Eine zweite nahte, eine dritte und der Streit um die besten Plätze konnte beginnen.

In dree Doog is dat sowiet. Herma drängte auf einen neuen Anzug, dabei war ihm der grüne gut genug. Aber nein! *Kanns bi de Jagdgesellschaft dreegen, awer nich op de Hochtiet.*

»Links, Kalle, weiter links!« Nicht, dass Leifs Anweisungen herrisch klangen. Er gab sie leise, bedacht. Er wusste, was er tat, musste Blank zugeben, und der Angesprochene versetzte den Pfahl folgsam auf die gewünschte Stelle. Leif Johnsen fuchtelte nicht herum, präzise lenkte er seine Mitarbeiter über den Bauplatz.

Bauplatz? Hätten sie gern! Ein, zwei Schilder, ein halbes Dutzend gekappter Bäume, auf den Stümpfen schon wieder das Moos.

War eben noch nichts entschieden, zog sich hin. Gutachten, Gegengutachten, Planungsänderungen, Terminverschiebungen, Klagen hier, Einwände da. Knatsch auf kommunaler Ebene; je weiter es nach oben ging, desto glatter wurden die Wogen. Aus Berlin kam nichts, nur Hauskäufer.

Ihre Gegner ließen nicht locker, machten ihnen das Leben schwer. David gegen Goliath. Blaue Kreuze, die überall in den Gärten standen, gegen staatlich verordnete Verkehrstyrannei. *Twee Latten, 'n beeten Farv.* Einfach, aber wirkungsvoll.

Feste Beltquerung? Diese Insel war nichts, um eben mal drüberzuhuschen. *Laat di Tiet. Kiek di* üm. Hol dir nasse Füße, so geht Insel. Ruhig mal Halt machen. Nach Norden kommst du immer noch, keine blinde Hast.

Scandlines haute jedes Jahr neue Schiffe raus, so schnell konntest du gar nicht gucken. Zukunftstechnik, Hybridantrieb; mit sauberem Treibstoff und reinem Gewissen pflügten die Fähren durch die See. Wenn denen das Wasser nicht bis zum Deck stünde, wären sie lange noch nicht so weit. Marktwirtschaft kann auch funktionieren.

Blank verzog das Gesicht und sah auf den harten, staubigen Boden. Das Wetter konnte der Markt nicht regeln.

Und wenn es nur das Wetter wäre. Die Trockenheit. Wenn es nicht noch diesen Brandstifter gäbe, diesen Feuerteufel, diesen verfluchten! Äcker waren runtergebrannt, wieder mal! Als wenn es ihn nicht schon vor drei Jahren getroffen hätte. Ein ganzes Weizenfeld! Diesmal hatte es – neben Häusern und Stallungen anderer Bauern – auch seine Scheune erwischt. Hanno Bartels hatte gar den Verlust von achtzig Säuen zu beklagen. Gut, der Mann hatte genug Feinde, die ihm die Zucht nicht gönnten. Die Schweine hatten sie gern auf dem Teller, aber nicht in der Nachbarschaft. Na klar, bei Westwind gab's reichlich Gestank. Ja, und? Nutzvieh machte viel Scheiße, und die war gut für die Äcker. Dafür bekam Bartels sogar noch Zuschüsse von der EU. Sein Großbetrieb schaffte Arbeitsplätze, Biogas ging immer noch, wenn auch nicht mehr *so* doll und die Koteletts blieben erschwinglich.

Das war der Unterschied zwischen den Klein- und den Großbauern. Was heißt Bauer? Ein richtiger Bauer war Bartels nicht, eher ein Manager. Der hatte sicher noch nie Gummistiefel an seinen Füßen gehabt. Mit dem Dreck seiner Schweine dran.

Blank hingegen würde sich seine Subventionen wieder zusammenbetteln müssen. Rettung der Höfe, die den Anschluss verpasst hatten, hieß es dann so überheblich wie großmütig aus Brüssel. Ha! So einfach machten die sich das!

Am besten vergessen: die ganze Landwirtschaft. In Bartels Liga würde er nie spielen, der war zu groß. Mit Öko, wie Arne, anzufangen, dafür war er zu alt. Aber vielleicht in Ole Hinrichs Richtung …

Er hasste es, mit feuchten Hundeaugen die Hand aufzuhalten, bis die Politik mit Rachegrinsen die Scheine reindrückte. Elendig langsam und mit klebrigen Händen. Dreimal abgezählt. *Dat Lumpenpack!*

Aber *wenn* es lief, wenn die Kornspeicher voll waren wie seine Leute nach getaner Ernte, dann hielten *sie* die Hände auf. Steuern, bis das letzte Hemd weg war. Wie die Krähen da vorn, die die Ratte zerpflückten.

Und die Piepen gingen in die *Hinterlandanbindung,* wie sie es nannten. Milliarden, um eine Stunde eher in Kopenhagen zu sein.

Was soll ich da so früh? Surfen?

»Um Gottes willen!«, hatte Gerd Möller am Telefon gebellt. »Die Gelder sind fest verplant, Kay. Ich denke nicht daran, sie zurückzugeben.«

Er war in der Hierarchie zu hoch angesiedelt, als dass er es nötig hatte, Pfeffer-Ulmen bei seinem Kürzel zu rufen. Der war schon froh, wenn der Produzent, wie es auch schon vorgekommen war, ihn nicht mit seinem verhassten zweiten Vornamen titulierte. Anlässlich einer Dokumentation über den Kaiserstuhl, die zugegeben nicht zu seinen besten Arbeiten zählte, hatte Möller süffisant von *Dantes Inferno – Eine göttliche Komödie* gesprochen, was Pfeffer-Ulmen ihm jahrelang nachgetragen hatte.

»Du hättest dich vorher schlau machen sollen. Das kannst du nicht immer anderen aufdrücken.« Aber umgehend bewies Gerd Möller seine Klasse als kreativer Filmschaffender. »Pass auf, wenn da gar nichts zu holen ist – mir ist gerade zu Ohren gekommen, dass … wie heißt die Insel noch … genau … dass da ein Serienbrandstifter durch die Gegend läuft. Wenn du das schaffst, Kay, den Burschen zu kriegen, bevor ihn die Behörden am Wickel haben … Mann, über *den* eine Doku, das wär's! Du weißt schon, schwere Kindheit, schlimme Akne, Vater bei der Feuerwehr, Schwester vergewaltigt worden, insgesamt also vermindert schuldfähig – solche Sachen.«

Pfeffer-Ulmen schnaufte einmal durch. Eigentlich war er froh gewesen, dieser ungastlichen Insel den Rücken kehren und am Abend wieder bei Ellen sein zu können. Und bei Alwin. Dem Cocker-Spaniel. Aber Möller saß am längeren Hebel. Mit dem durfte er es sich nicht verscherzen, sonst war er weg vom Fenster. Und vielleicht wollte die Gesellschaft ihn genau da haben.

»Kein Problem, Gerd. Krieg ich hin.« Der Telefonhörer knallte auf die Gabel, ohne dass er es wollte.

Krieg ich hin. *Wirklich?*

Nach einiger Zeit aber erwachte sein Kampfgeist. Du wirst

jetzt, KD, die Arschbacken zusammenkneifen und mit dieser unfähigen Mischpoke von Filmcrew die beste Darstellung eines Brandstifters liefern, seit Ustinov den Nero gab.

4

Beltpiraten

Der Wind, wenn er stramm und aus südlichen Richtungen wehte, drückte die See weg von der Küste und legte große Sandbänke frei.

Schon aus der Ferne war das Wrack zu sehen, das bei auflandigem Wind unter Wasser lag. Die Piraten konnten es entern, ohne weiter als bis zu den Knien nass zu werden. Widerstand der Königlichen hatten sie nicht zu erwarten, denn das Boot war längst zum Skelett abgemagert, nur wenige Spanten sowie Teile von Bug und Heck waren noch vorhanden, die Mannschaft hatte sich davongemacht.

Aber auch wenn die Alten ihnen erzählten, dass diese mit Algen dicht bewachsenen, fauligen Bohlen und Bretter vor fünfzig Jahren Fischer auf die Ostsee getragen hatten, die kindliche Phantasie setzte die prächtige Galeone unter Vollsegel, Kapitän *Leif der Schreckliche* brüllte seine Kommandos hinauf in die Topp, wo der Wind den *Jolly Roger* blähte, und die Freibeuter des Fehmarnbelts drängte es hinaus auf die Weltmeere, hinein in die kommenden Abenteuer. Ruhm, Gold und edle Frauen warteten auf sie, ihr furchterregender Ruf eilte ihnen weit voraus bis an die Küste von Valparaiso und in die finstersten Spelunken Batavias.

Unter grimmigen Blicken seines linken Auges – eine schwarze Klappe zierte das andere, was ihm einen gruseligen Ausdruck verlieh – lenkte Steuermann *Sören der Einäugige* das Schiff sicher durch die Untiefen des Belts (den Beinamen sollte er nicht lange behalten, denn der Doktor hatte gemeint, so eine Entzündung sei nichts Schlimmes und in einer Woche könne die Klappe ab).

Die Galeone umschiffte die mächtige Mole – Jahrhunderte später Adolf-Hitler-Mole – und nichts auf der Welt würde die Crew davon abhalten, alles, was sich ihnen in den Weg stellte, zu vernichten und reiche Beute zu machen.

Wenn nur die Mädchen nicht wären! Sören hatte die Besetzung der Mannschaft von Anfang an bemängelt – Frauen hätten auf einem Piratenschiff nichts verloren, wo gebe es denn sowas! Sein Vater war Mitglied der DLRG, täglich rettete er Leben – selbst das von Frauen. Aber Weiber ständig an Bord zu haben brachte Unglück, wusste doch jeder.

Bevor Norma Wielandt, Klassen- und sehr zu Sörens Unwillen Mannschaftskameradin, ihm eine Tracht Prügel verpassen konnte, schlichtete Arne den Streit mit Verweis auf Anne Bonny, eine irische Piratin, die im 18. Jahrhundert die karibischen Gewässer unsicher machte und sich nicht selten mit ihrer ebenso gefürchteten Kollegin Mary Meade bei einer Flasche Rum die Kante gab. Arne war stolz auf seine »Was-ist-was?«-Sammelbände.

»Da siehst du es, Sören!«, sagte Norma, nachdem sie ihm die Zunge herausgestreckt hatte, »es gibt nichts, was Mädchen nicht auch können.« Weil Sören dem Einäugigen keine passende Antwort einfiel, wurde der Konflikt beigelegt, die vier Freibeuter und ihre zwei weiblichen Kampfgefährten setzten ihren Weg über die sieben Weltmeere fort.

Der Grüne Brink und seine angrenzenden Gebiete erstreckten sich in der Länge über drei bis vier Kilometer, in der Breite (einschließlich Sandbänken, je nach Windrichtung) über zwei- bis dreihundert Meter, und es gab wenige Kinder, die einen Platz von solchen Ausmaßen bespielten. Altenkamp, der nächstgelegene Ort, lag auf der anderen Seite des Deichs, und der war höher als jedes sich dort befindende Haus. Das schützte das Dorf bei Sturmfluten und die Kinder vor der lästigen Aufsicht der Eltern.

Der Brink war ihr Terrain, nach Herzenslust konnten sie spielen, toben, niemand schalt sie, wenn sie Lärm machten; sie konnten im Frühjahr die Grasnelken zertrampeln, im Herbst Kaninchen jagen und den Dachsen Knallfrösche in den Bau werfen, im Winter auf der zugefrorenen Ostsee Schlittschuh laufen (was mangels längerer Frostperioden nicht in jedem Jahr funktionierte), im Sommer Touristen ärgern (was dank jährlich zunehmender Besucherzahlen verlässlich klappte).

Nach dem Schulunterricht stiegen sie nur kurz vom Rad, aßen zu Mittag, hüpften wieder in den Sattel und erklommen den Deich, um nach wilder Abfahrt durch die Dünenwege vom weichen Sand gebremst zu werden.

»Da!«, rief Levke, die (im Gegensatz zu Sören) bekannt für ihre scharfen Augen war. »Ein Bernstein! Und so groß!«

Bei Nordwind, wenn Sturm und Regen das Auslaufen des Piratenschiffs verhinderten, weil es einen guten Meter unter dem Meeresspiegel lag, beschränkten sich die Freibeuter auf die Strandräuberei, von der man allgemein annahm, sie stecke den Fehmaranern, nicht nur den jüngsten, im Blut, sei gewissermaßen Teil ihrer DNA.

Gerüchten zufolge hatten sich nicht wenige der Küstenbewohner ganze Häuser aus angeschwemmtem Strandgut gefertigt, und das heimische Baugewerbe lebte gut von dem, was die Natur (und von der See gründlich in Einzelteile zerlegte Segelschiffe) den Insulanern bot. Als in späteren Jahren der große Run auf Ferienhäuser einsetzte, wunderten sich nicht wenige Neubesitzer von massiven Holzhäusern, dass über den Haustüreingängen Tafeln mit schiffstypischen Namen samt Heimathafen in die Wände eingelassen waren. (Ein Franzose, den es der Liebe wegen nach Fehmarn verschlagen hatte, war erstaunt gewesen, an seiner neuen Behausung unter dem schönen Namen *Scaramouche* den seiner Geburtsstadt Marseille zu lesen.)

Bernsteine, die von den großen Herbststürmen aus den fernen baltischen Staaten an die deutsche Ostküste gespült wurden, waren ebenso begehrt wie relativ leicht zu finden. Kinder schienen ein besonderes Gespür für die gelbbraunen Klunker zu haben. Das karge Taschengeld, das ihre Eltern ihnen zahlten, erfuhr gerade nach den grauen, ungemütlichen Tagen eine deutliche Aufbesserung. Aber auch im Sommer gab der Seetang den einen oder anderen bis dahin unentdeckt gebliebenen Stein frei.

Ihr Jubel, selbst wenn er einem solchen Wertgegenstand galt, war untypisch für Levke, sie war von allen Kindern das stillste, übte sich in Zurückhaltung, wo Leif, Arne, Sören und besonders Norma sich lautstark hervortaten.

Sie war um einiges kleiner als die anderen, zierlich, mit knochigen Gliedmaßen, ein unscheinbares Mädchen. Was sie ihren Spielkameraden voraushatte, war ein für Kinder in ihrem Alter erstaunliches Maß an Verständnis und Mitgefühl. In der Regel war sie die Vermittlerin, die Streitschlichterin, und als solche hatte sie alle Hände voll zu tun. Denn was die Kinder vom Brink noch leidenschaftlicher betrieben als die See- und Strandräuberei, war, sich zu zanken. Das konnten sie von morgens an, vor und nach, besonders aber während des Schulunterrichts, nach dem Mittagessen, bei den Schularbeiten; den ganzen lieben Tag stritten sie, bis sie die Stimmen der Mütter, die zum Abendessen mahnten, über den Deich wehen hörten.

»Finger weg!«, rief Sören. »Den hab' ich zuerst gesehen. Von da hinten schon«, wies er mit dem Zeigefinger über die Schulter.

»Von wegen!« Levke setzte ihre dünnen Beinchen schleunigst in Bewegung, war deutlich vor Sören am Objekt und steckte den Stein, der bestimmt ein viertel Pfund oder mehr auf die Waage brachte, in ihre Jackentasche.

Sören, der im Gegensatz zu Levke mit Mitgefühl kaum was am Hut und für Mädchen ja sowieso nichts übrig hatte, versuchte, ihr die Beute zu entreißen.

Aber Levke konnte nicht nur zuverlässig mit der Raffgier Sörens, sondern auch mit der Unterstützung ihrer Freundin Norma rechnen, die nicht nur größer und stärker war als der vorübergehend eingeschränkt sehtüchtige Pirat, sie verfügte auch noch dazu über weniger Empathie, weshalb sich Sören binnen kürzester Zeit im nassen Seetang wiederfand, in dieser stark nach dem Salz der Ostsee riechenden Pflanze, die den umkämpften Bernstein in ihren Tentakeln verborgen gehalten hatte.

»Ey, kuckt mal! Da!« So schnell sich die Kinder in die Haare bekamen, so schnell ließen sie sich von anderen Geschehnissen ablenken. Hajo Lüders, der Sohn des Gastwirts von *Lüders' Kroog*, zeigte hinüber zur Adolf-Hitler-Mole. »Da steht einer auf der Ostsee!«

Natürlich stand die Gestalt nicht auf dem Wasser, das hatte seit zweitausend Jahren niemand mehr geschafft.

Als die Steine für die Mole herangeschafft worden waren – wann genau das war, daran konnten sich auch die Älteren nicht mehr erinnern – hatte sich einer – ein einziger! – offenbar selbstständig gemacht und war einige Meter querab der anderen liegen geblieben. Wenn man die Ausmaße des Findlings, der auch bei starkem Südwind aufgrund der Strömung knapp unter der Wasseroberfläche blieb, wenn man die Größe dieses Kolosses beim Hinaufsteigen begriff, war es verständlich, warum ihn niemand weiterbewegt hatte.

»Dein Opa«, sagte Arne zu Levke.

»Ich weiß«, nickte sie traurig.

»Der Spinner!«, schimpfte Leif.

»Halt die Klappe«, sagte Norma Wielandt, aber leiser als gewöhnlich.

»Ja, halt die Klappe!«, echote Arne und stieß seinem Bruder gegen die Schulter. »Nico ist mein Freund. Der ist in Ordnung.« Wobei auch ihm in diesem Moment leise Zweifel kamen.

Nico Wallerstam stand stur auf dem Stein, sein Blick war gen Norden gewandt, er schien nichts um sich herum wahrzunehmen.

»Der hat 'n Rad ab. Das sag ich euch.« Auch Hajo Lüders zählte nicht zu Nicos engsten Freunden.

Levke schwieg. Sie liebte ihren Großvater, wollte aber auch uneingeschränkt Teil der Brinkkinder sein. Der Riss, der sich durch die Gemeinschaft zog, machte ihr zu schaffen.

Sie freute sich, als Arne seinen Arm um ihre Schulter legte. »Die haben doch keine Ahnung.« Er jedenfalls hielt zu ihr. Norma meistens auch, aber selbst ihr waren Vorbehalte gegen den Mann vor der Mole anzumerken.

Und Levke konnte sie auch verstehen. Ihr Opa war kein normaler Mensch und das nicht nur, weil er da im Wasser stand und Leuchtturm spielte oder was immer er da tat.

Levke war erst ein paar Jahre im Dorf. Eines Tages, ihre Mutter Freya war seit zwei Jahren tot und ihren Vater hatte sie nicht mehr erlebt, nach langem Umherwandern mit ihrem Großvater, hatte er mit ihr an diesem Teil der Ostsee gestanden, die salzige

Luft tief eingesogen und nach langem Blick auf das Wasser gesagt: »Hier bliev wi. Hier sünd wi richte.« Warum er das so bestimmt wusste, verstand sie nicht, und Opa erklärte es ihr auch nicht. Wahrscheinlich, weil sie noch zu klein war.

5

Lüders' Kroog

„Nee", dachte Hajo Lüders, „das machst du nicht."

Hätte er auch nicht fertiggebracht. Bauernfrühstück war, neben seinem knallroten Jaguar E, seine Leidenschaft, also machte er auch bei diesem keine Ausnahme.

Immer streng nach Rezept. Nach Vadders Rezept. Hatte er von ihm übernommen, machte er seit vielen Jahren stets *genau* auf diese Art. Keine Zusätze.

Vielleicht, lachte das Teufelchen in seinem Hirn, eine kleine Prise Zyankali. Hatte er aber nicht im Regal. Wurde zu selten verlangt.

»Alles klar, Hajo?«, rief seine Frau Ylvi aus der Abwäsche.

»Ja. Wieso?«

»Über was hast du dich denn so amüsiert?«

»Ach, nur so. Hab gute Laune.«

Die er eigentlich immer hatte, wenn er Bauernfrühstück machte. Nein, zelebrierte. Versuchte er, jedem aufzuschnacken. Und wenn der Tod persönlich in der Gaststube säße, der hätte *Lüders' Bauernfrühstück* bekommen. Wie er's immer machte. Friss oder bleib tot. Stell deine Sense an die Garderobe. Kriegst ein Besteck von mir.

»Du hast ja extrem gute Laune. – Brauchst du noch Messer?«

Und so was Ähnliches wie der Tod saß da draußen gerade. Oder – eher der Teufel. Sein alter Freund, der Teufel.

Wenn's um sein Bauernfrühstück ging, blendete Hajo Lüders alles um sich herum aus. Nur ein simples Gericht? Erst essen, Freunde, dann urteilen. Er betrieb immensen Aufwand. Das uralte, verkokelte Holzbrett, das Küchentuch mit den Brandlöchern darüber, zuoberst die schwere Bratpfanne, in der die dicken, in reichlich Butterschmalz geschwenkten Kartoffelscheiben dampften, das war Hajo. Speckstücke kross, fast verbrannt. Von allem reichlich – Zwiebeln, Gurken, unter drei Eiern tat er es nicht. Das ganze speziell (!) gewürzt. *Un nu – eeten ut de Pann. Lat di dat schmecken.*

Das tat Leif Johnsen, und nichts hatte sich verändert. Mit geschlossenen Augen hätte er den Geruch erkannt, auch nach all den Jahren.

Und das Knacken zwischen den Zähnen. Speckwürfel, mit denen konntest du Hasen erschießen. Dieses Gericht, Fritz Lüders', später Hajos Gericht, verband er für ewige Zeiten mit dem alten Gasthaus am Marktplatz. Der war alle paar Jahrzehnte umgestaltet, inzwischen bis zur Unkenntlichkeit verstümpert worden – niemand jedoch hatte es bisher gewagt, Hand an den windschiefen *Kroog* mit dem verwitterten Schild zu legen, das nach Art alter englischer Seemannskneipen, an Ketten befestigt, quer zur Fassade hing und bei Sturm aus Südwest zum Gotterbarmen quietschte.

»Auch du kannst den Fortschritt nicht aufhalten, Hajo. Niemand kann das.« Ohne ihn anzusehen, die Augen auf die Pfanne gerichtet.

»Fortschritt? Kacheln zählen statt auf die Ostsee kucken? Das nennst du Fortschritt? – Warte mal.« Hajo holte einen kleinen Teller mit Zitronenscheiben aus der Küche und legte sie auf die Speise (statt Zyankali. Hast Glück gehabt!).

»Was soll das?«, fragte Leif. »Warum lachst du?«

»Fortschritt! Warum nicht mal so? Is doch langweilig, immer das Alte. Stimmt's?«

Kauen und Kopfschütteln. »Irgendwann werdet ihr die Spinnweben im Kopf nicht mehr los.«

»Meinst? – Noch 'n Bier?«

»Danke. Muss früh raus.«

»Kannst es gar nicht abwarten, wa?«

»Ist 'n Job, Hajo. Will ich ordentlich machen.«

Starrer Blick. »Du bist 'n richtiger Däne geworden.«

„Un du bliffst 'n sturen Buck", dachte Leif und stieß ein kurzes Lachen aus. »Machen nur Dänen gute Arbeit?«

»Buddeln zu viel.«

Gelächter auch am Nebentisch. Männergespräch. Anderes Thema. *Das* Thema. Kräftige Finger mit Ackerland unter den Nägeln suchten Halt an den Gläsern; sie durften sich trauen, sahen sich vorsichtig und triefäugig um. Keine Frauen in Sicht.

»Du hättest auch drübenbleiben können. Richtig?«

»Hätte ich, klar. Dann könntest du nachher aber nicht mit deinem … hast du den Jaguar noch?«

»Klar!«

»Mit dem könntest du nicht mal eben nach Dänemark brettern. Im Moment musst du in Bannesdorf bremsen, um nicht in der Ostsee zu landen.«

»Danke. Dat stinkt mi to dull in so'n Tunnel.«

»Dat dat dor nich rüükt as in dien Köök, is klor.«

»Was soll ich in Dänemark? Tempolimit 130 auf der Autobahn. Da kann ich ja gleich aussteigen und schieben.«

Sie waren gute Freunde gewesen. Freunde seit Kindesbeinen an. Eine Freundschaft kann viel aushalten, hatte Leifs Vater ihm gesagt. Besonders eine lange.

»Überhaupt. Ist das Zufall, dass du jetzt wieder hier bist?«, setzte Hajo nach. Typisch für ihn. Schnackte nicht viel, aber wenn er mal zugange war …

»… oder habt ihr euch abgesprochen?«

»Was? Wer?«

»Tu doch nich so. Ich hab Levke heute Morgen gesehen. Bei Norma im Laden.«

»Wen? Levke? Du hast doch … Find ich unfassbar, dass Norma immer noch verkauft.«

»Lenk nicht ab, Leif!«

»Hajo, Levke ist wahrscheinlich hier, weil ihr Sohn meine Nichte heiratet. Ich wusste es nicht. Und Wenke und Malte haben mich eingeladen, weil … weil Solveig und Arne nichts dagegen haben. – Danke. Hat gut geschmeckt.«

Die Antwort, ein kurzes Nicken und ein Schmunzeln, war eher an die restlos leere Pfanne gerichtet. Der Koch war zufrieden mit ihr. Und sich.

»Hajo! Machs' noch ma 'ne Runde?« Der Nebentisch hatte die

Frauen abgehandelt. »Lasst sie doch bauen. Wenn't sowiet is, grooten Proppen dorvör, vun baben 'n Lock rin, un op de anner Siet supen se aff.« Über dem Stammtisch war genügend Platz, das erdachte Prozedere mit entsprechenden Handbewegungen zu untermalen.

»Farwell, Danmark. – Erinnert mich dran, dass ich Kurt Anderson in Aarhus Bescheid gebe. Der kann nicht schwimmen.« Lappalien wie ein Tunnelbau konnten die gute Nachbarschaft über den Belt nicht trüben. Ganz nebenbei hatte man ein weiteres vergnügliches Thema in den unendlichen Stammtischkatalog aufgenommen. Dann wieder zurück zum Gewohnten. Fußball. Auto. Oder Trecker. PS, Puschen, wat schluckt er. Immer. Seit Urzeiten.

Levke. Wie lang ist das her? Sie hatten sich seit dem Studium nicht mehr gesehen. Auch wenn Hajo das nicht glaubte. Ist lange vorbei. Für Arne war sie wohl immer Schwester geblieben. Und dann war auch sie weg von der Insel. Tja, Hajo. Hättest dich trauen sollen, Mann!

»Hast du sie gesprochen?«

Die Pfanne war schon auf dem Weg in die Küche und schwenkte noch mal um. »Nö. Hat gedauert, bis ich sie erkannt hab. Da war sie schon auf dem Weg.«

»So doll verändert?«

Ein Anflug von Lächeln. »Hat zugelegt.« Wurde breiter, das Lächeln, flachsend, als ein abschätzendes Augenpaar an seinen Hüften hängen blieb: »Steiht ehr nich schlecht.« So schnell, wie es da war, das Lächeln, verzog es sich. »Du hast nicht gewusst, dass sie hier ist?« Hajo hielt die Pfanne jetzt beidhändig wie Boris Becker den Schläger vorm Return. Den Gegner einschüchtern.

»Nee. Du hast sie nicht bei dir einquartiert? Dann wird sie bei meinen Eltern sein, oder?«

»Anzunehmen.« Kurzes Zögern, leise fallen Worte von den Lippen, die Augen verharren auf der Pfanne. »Übrigens – ich hab' das gehört von … deiner … von … äh … Jytte. Tut mir wirklich leid.«

»Danke. Ist lange her. Drei Jahre.«

»Ist keine lange Zeit, wenn man sich …«

»Ich habe sie über alles geliebt, Hajo. Wie unseren Jungen auch.«

Spöttisches Nicken des Wirts. »Hast recht, ist 'ne lange Zeit. – Deswegen nu weller Levke, wa?«

»Klei mi an 'n Mors, du Dööskopp!« Hätte Leif es wirklich böse gemeint, wäre dem anderen das Götz-Zitat hochdeutsch an den Kopf geknallt.

So fiel es Hajo leicht, den Ausbruch seines alten Freundes zu übergehen. »Du weißt aber schon, dass ihr Großvater nicht mehr lebt?«

»Nico.« Leif sah ihn lange an und nickte. »Ich hab die Karte zu spät gekriegt. War ein paar Monate in Macao.«

»Wo?«

»Ist in China. Die bauen da wie verrückt.«

»Verrückt wie die Dänen.«

»Er ist über neunzig geworden, stimmt's?«

»Veerunachtig. – Du bist hier geboren, Leif, und hast alles hinter dir gelassen. Alles vergessen und vorbei. Schade.« Hajo Lüders drehte sich um und öffnete die Schwingtür zur Küche mit einem heftigen Tritt.

Als er mit finsterem Blick zurückkam, stand Leif am Tresen. »Lat mi betalen, Mann. Dat ward Tiet.«

»Dörtein fofftig.«

Leif kramte in der Geldbörse. »Stimmt so.«

Die Schublade der antiken Ladenkasse fuhr scheppernd heraus. »Von dir will ich nichts geschenkt.« Knallend landete das Wechselgeld auf dem Tresen.

»Dann nicht.«

»Leif!« Scharf, aber nicht zu laut. Mussten die anderen nicht mitkriegen. »Lat ehr in Freeden! Du bist nichts für sie.«

»Du bist komplett auf dem Holzweg. Die Geschichte ist ewig her. Vergangen und vorbei. Schön'n Abend noch.«

6

Da kam an, weißer Mann

»Lass den Scheiß, Matthäus! Dor kümmt nix bi rüm. De Tiet is vörbi.« Mitfühlendes Schulterklopfen unterstrich Ole Hinrichs Worte. »Du rackerst dich ab, die Preise gehen immer weiter in den Keller, und bald gehst du betteln.« Er sah zum Himmel, an dem ein paar harmlose Wolken gemächlich gen Westen zogen. »Die paar Tropfen kann man zählen.« Ächzend ging er in die Hocke, nahm eine Handvoll von der harten Erde und zerkrümelte sie zwischen den Fingern. »In ein paar Jahren wächst hier nichts mehr.«

Verdammt, er hat so recht! Mögen mag ich ihn ganz und gar nicht, den aufgeblasenen Arsch, aber er hat so verdammt recht!

Blank schaute widerwillig hinunter auf den dicken Mann, von Haus aus Bauer wie er, mit dem zusammen er vor Urzeiten in *Lüders' Kroog* Pläne gewälzt hatte, Pläne über Bodenzukauf, Viehhaltung im großen Stil, über den neuen Mähdrescher von Claas und ob man nicht gleich zwei nehmen sollte. Geld spielte keine Rolle, das sprudelte nur so. Mussten die andern, das gemeine Volk, mussten die nicht wissen. Lass sie unken, lass uns jammern! Die Wahrheit sah immer ein bisschen anders aus, der Bauer muss auch vorsorgen dürfen. Der haute sein Geld schließlich nicht auf den Kopf, sondern schaute voraus und investierte. Da kennt ihr Neider nix von!

Und Hinrichs hatte weit vorausgeschaut, ganz weit. Weiter als die andern. Nicht zu vergleichen mit Großinvestor Bartels, aber der war kein Fehmaraner.

Einer von uns, der es geschafft hat, musste Blank anerkennen. Der Dicke hatte die richtige Vorahnung gehabt und rechtzeitig umgesattelt. Während er den Kollegen noch weismachte, Landwirtschaft hätte Zukunft, hatte er sich auf anderen Feldern umgetan.

Tourismus war das Zauberwort. Die Auswärtigen, die Geldsäcke aus *Europa,* waren wild auf die Insel, wollten sich die Sonne auf den Pelz brennen lassen, wollten segeln, wollten surfen, ihre Langeweile bekämpfen. Und Geld loswerden wollten sie. Häuser, Wohnungen, Grundstücke – alles, was zu bekommen war, rissen sie sich unter den Nagel. Heerscharen von Maklern, Anwälten und vergleichbaren Nadelstreifenheinis fielen über die Insel her und kauften, kauften. Bezahlten nicht selten in bar.

Sylt. Sylt war das Vorbild. Die Insel der Schönen und Reichen, die nicht mehr schöner, aber immer reicher wurden.

»Matthäus ...«, die wulstige Linke krallte sich beim Aufstehen haltsuchend und beschwörend zugleich in Blanks Ärmel, »... Matthäus, ich gebe dir einen guten Rat: Warte nicht länger. Ergreif die Gelegenheit! Jetzt ist Goldgräberstimmung, Mann!« Kurzatmig und mit hochrotem Kopf presste er die Formeln heraus. »Du musst nur zulangen. Verkauf deinen Hof, nimm dir ein kleines Häuschen und von nun an Siesta. Kannst endlich mal die Sau rauslassen.« Bei erneutem Schulterklopfen lachte er. »Das Ferkel jedenfalls, ich kenn ja deine Herma. Aber, warum nicht? Ihr macht schöne Touren mit der *AIDA SINKBAR* oder sowas. Warum keine Weltreise? Alles, was das Herz begehrt. Oder kauft euch 'ne Insel in der Südsee.«

Noch gab es Wohnungen auf Fehmarn, aber auch die wurden immer teurer, und es gab die ersten, die nicht mehr mithalten konnten und notgedrungen auf das Festland auswichen. Nach *Europa* eben, wie der fehmarnsche Volksmund sagte.

Und die Wohnungen der Leute, ihre früheren, jetzt zu teuer gewordenen Wohnungen auf dem *sechsten Kontinent,* waren Beute der reichen Hamburger und Berliner geworden. Und täglich mussten sie an ihren alten Wohnungen vorbei, wenn sie auf dem Weg zur Arbeit waren. Denn arbeiten ließ man sie noch auf der Insel. Verkaufen, backen, Strandkörbe schleppen, putzen. Putzen, damit ihre alten Wohnungen, jetzt Ferienwohnungen, damit die sauber blieben. Nur eben für andere. Nicht mehr für sie.

Die andere, die neue Arbeit, die gern prophezeite Zunahme an Beschäftigung rund um die Beltquerung – hunderte, nein tausen de Arbeitsplätze, dauerhafte Arbeitsplätze, denn so ein Mammutprojekt, hieß es in den Prospekten und im kirchnahen Infohaus von Femern A/S, würde sich nicht im Handumdrehen erledigt haben – diese Jobs waren in der Mehrzahl nicht für die Einheimischen gedacht, sondern für Leif Johnsen und seine Spießgesellen. – Und überhaupt …

»Matthäus«, grinste Hinrichs, als er die Einwände Blanks gegen seine Pläne vernahm, »du hast wirklich keine Ahnung! Außerdem – du zerbrichst dir den Kopf über Sachen, die dich nicht betreffen. Kerl, mach dich grade! Wir sind auf den Weg nach ganz oben, vergiss die kleinen Krauter doch. Du irrst dich: Die Fähren von Scandlines, Matthäus, *die* sind der Korken auf dem Schampus des Fortschritts, und wir jagen ihn mit dem Tunnel in die Luft! Genau! Der Tunnel, mein Bester, verlagert den Lebensmittelpunkt der Reichen von den Großstädten hierher. Hierher auf die Insel. Die wollen hier wohnen, hier ihren Spaß haben, und wollen schnell da sein, wo lukrative Geschäfte winken: Skandinavien, Baltikum, Russland. Ja, Russland! Sie warten, bis der Boykott vorbei ist, und dann schlagen sie zu! Weg mit den Grenzen! Keine Kontrollen mehr! Weg mit allem, was hinderlich ist! Und Fehmarn wird zu einem internationalen *Hot Spot*, einem der bedeutendsten. Und alles bei schönstem Wetter!« Hinrichs deutete in den makellos blauen Himmel. »Was dir als Landwirt das Genick bricht, Matthäus, schätzen die Reichen so an der Insel: gemäßigtes Klima bei Wind aus Ost, fett Sonnenschein und bloß keinen Regen. Der Wind, Matthäus, wird uns immer erhalten bleiben. Woanders purzeln die Temperaturrekorde und hier? Trotz Hitze frische Luft. *Aber auf Dauer nix für den Bauer, von wegen kein Regen.*« Er lachte schallend. »Und deshalb, mein Bester, verscherbelst du das, was du aufgekauft hast, für den zehnfachen Wert an die Pfeffersäcke. Allns klor?« Das Schulterklopfen wurde eine Spur heftiger. »Alles klar, Gewinner?«

Donnerwetter, dachte Blank, *wo hett de dat Schnacken leernt?* Er konnte sich nicht erinnern, je einen solchen Schwall von Worten aus dem Munde Ole Hinrichs' vernommen zu haben. Hinrichs, der nach der Volks- nur noch die Schule des Lebens meisterte, … – *Hot Spot?* Nie gehört. Aber die Bedeutung war ihm bewusst geworden.

Interessant. Blank wäre jede Wette eingegangen, dass der Mann da vor ihm ein eingeschworener Tunnelgegner war – und der beschrieb ihm nun ganz neue Aspekte.

Interessant.

7

Schön war sie, die Prärie

Die Musik solle Arne sich denken, die Trommelwirbel, er selbst könne nur den Gesang machen, der monoton klinge, aber deshalb wunderbar fließend und entspannend sei.

Nico summte, vielmehr brummte aus tiefer Kehle, ein seltsamer Singsang, während seine Füße Abdrücke in den Küstensand stampften, seine gebückte Gestalt drehte sich im Kreise, der Kopf bewegte sich rhythmisch auf und ab. Die Feder in seinem Stirnband wackelte, als befände sie sich noch an ihrem angestammten Platz auf dem Flügel eines Rothalstauchers.

Tiefe Kreisbahnen bildeten sich am Strand, erzeugt vom immer schneller werdenden Auftreten der nackten Füße; an den Fesseln klangen leise kleine Glöckchen, befestigt an braunen Lederschnüren.

Arne Johnsen saß einige Meter entfernt, war fasziniert, gleichzeitig hatte er Angst. Angst, sein Freund würde verrückt werden oder wäre es schon. Gab es irgendwas, woran man den Unterschied merkte?

So hatte er Nico noch nie erlebt, einen fast nackten Mann, der ohne Unterbrechung seit einer guten halben Stunde tanzte, bei fast dreißig Grad, es gab keinen Wind, und er schwitzte nicht, so schnell er sich auch drehte und hüpfte, so hoch er auch sprang, dieser Mann, der nicht aufrecht gehen konnte, nur gebückt, der so tanzte, wie er ging, gebückt wie ein Greis. Der so hoch sprang mit verzerrtem Gesicht, und Arne ahnte, welche Schmerzen er aushielt, und Nico hörte trotzdem nicht auf zu tanzen. Und nur der deutlich gegebene Hinweis an Arne, sich die Musik zu denken, beruhigte den Jungen. So etwas sagte kein Verrückter. Das sagte nur jemand, der sicher war, dass die Fantasie eines Zehnjährigen ausreiche, die Klänge in seinem eigenen Kopf zu erzeugen, nur beim Anblick der Bewegungen, den Rhythmus der

Trommeln zu erfühlen, nur durch den Sand, den die wirbelnden Füße aufwarfen.

Mit einem Schlag beendete Nico Wallerstam seinen Tanz.

»De Lüüt meent, Nico hett een Vagel«. Er tippte sich an die Stirn und wies lächelnd auf seine spärliche Bekleidung. »Aver ik sweet nich bi düss Weeder.«

Arne erwachte aus seiner Trance, und er merkte, dass sein Hemd nass war, so sehr hatte ihn das Ereignis mitgenommen.

Nico ließ ihn umgehend wissen, dass er nicht verrückt sei, auch wenn er spürte, Arne habe genau das im Sinn.

»Gus«, zischte Nico, *Gas*, und es klang, als warne er vor einem Leck in der Leitung. »Gus ist ein Amerikaner, war Soldat in Deutschland, ist hiergeblieben und singt deutsche Musik. Schlager.« Deutsche sprächen seinen Namen so aus, meinte Nico, wie sie ihn lasen. Er sagte, Gus Backus Deutsch gesprochen klinge wie ein Patissier.

»Ein was?«

»Ein Feinbäcker. Man muss ihn aber Englisch aussprechen. *Gass Bäckes*. Verstehst du?«

Arne verstand.

Und Nico erzählte ihm, dieser Mann, dieser Gus, habe ein Lied gesungen mit dem Titel *Da sprach der alte Häuptling der Indianer.*

»Und?«

»Das fängt so an: *Schön war sie, die Prärie, alles war wunderbar. Da kam an, weißer Mann, wollte bau'n Eisenbahn.*« Den Liedtext sang Nico Wallerstam – dabei nahm seine sonst so leise Stimme zu Arnes Überraschung deutlich an Lautstärke zu. Am Ufer des kleinsten Binnensees flog eine Bekassine erschreckt auf.

»Hört sich komisch an.« Arnes Augen folgten dem davonfliegenden Vogel. Nico hatte ihm einmal erzählt, dass er wegen seines zeternden Gesangs *Himmelsziege* genannt wird oder auch *Meckervogel*.

»*Da sprach der alte Häuptling der Indianer …*« Nico brach ab, und Arne, der sich aus seiner anfänglichen Beklommenheit gelöst hatte, dachte, dass der Vogel im Moment gute Gründe zum Meckern hatte. »Ist die Sprache des roten Mannes. ›*Da kam an, weißer Mann‹* würdest du nicht sagen. Solltest du nicht. Du bekämst Ärger mit deinem Lehrer.«

»Der? Der weiß ja nicht mal, wer Adolf Hitler war.«

Nico kratzte sich am Kopf. »Das wissen viele Menschen nicht.«

»Und was hat dieser Gus Backus mit dir zu tun?«

»*Gass Bäckes,* Arne!« Nico sah ihn an, wandte seinen Blick hinaus auf den Brink und ließ den Finger rotieren. »Schau dir das mal an. Das Land. Ist das nicht schön?«

Arne blickte auf das vertrocknete Gras, die von der Hitze verdorrten Bäume und zuckte die Schultern. »Na ja.«

»Im Moment weniger, das stimmt.« Nico Wallerstam schwieg für einen Moment, um dann zu flüstern: »Ik heff Schiss, mien Jung. Ich habe Angst, irgendwann gibt's das alles nicht mehr.«

»Wie meinst du das?«

»Sieh mal rüber zur Mole. Irgendwann siehst du da keine Findlinge mehr. Keinen Knurrhahn mehr, der sich zwischen den Steinen versteckt. Und dann dürfen wir nicht mehr dahin. Irgendwann gibt es da einen riesigen Hafen. Für Angler gesperrt.«

»Aber, Nico! Der ist doch schon da!« Arne zeigte hinüber zum Fährhafen von Puttgarden, wo gerade ein schneeweißes Schiff zwischen den Molenköpfen hervorkam.

»Größer, Arne, viel größer! Riesig! Oder – keinen Hafen. Eine Brücke vielleicht.«

»Eine Brücke? Eine *so* lange Brücke?«

»Na ja. Das sind neunzehn Kilometer da rüber. Kann man sich noch nicht vorstellen. Aber wer weiß, was die Zukunft so bringt.«

Arne lachte. »Vielleicht sogar einen Tunnel, was meinst du?«

Nico fiel in sein Lachen ein. »Na, das wäre dann doch 'n büschen zu abenteuerlich. Een Tunnel ünner Water!«

Nach einiger Zeit fragte Arne: »Und du meinst, das wäre schlimm?«

»Ik weet nich«, antwortete sein großer Freund zögernd. »Aber die hatten damals bestimmt gute Gründe, den Hafen nicht zu bauen.« Er wies zu den drei Binnenseen, deren Wasserspiegel bedenklich abgesackt war. »Kiek mal op de Vagels dor. Meinst du, die würden bleiben? Bei dem Lärm, den es dann gäbe?«

Arne überlegte. »Nee, bestimmt nicht.« Er dachte an die Bekassine. »Es gibt Geräusche, die halten nicht mal Vögel aus.«

»*Kit-kit-kirää*«. Über ihren Köpfen kreiste eine einsame Seeschwalbe.

Als sie von der Mole ein Stück Richtung Westen gegangen waren, blieb Nico unvermittelt stehen und hielt Arne am Arm fest. Der merkte, wie die Hand seines Freundes zitterte.

»De witte Bö. Dor weer se.« Er zeigte auf einen Punkt in der Ostsee.

»Was?«

»Da kam sie hoch. Da hinten.«

»Was redest du, Nico?« Er bekam wieder Angst. »Was ist die weiße Bö?«

Nico zögerte einen Moment. Er starrte weiter auf das Wasser. Nach einiger Zeit wies er in den Westen. »Weißt du, was das da ist?«

Arnes Blick folgte seinem Finger. »Meinst du das Kreuz? Das *Niobe-Denkmal*?«

»Das weißt du«, stellte Nico zufrieden fest. »Hast du denn auch eine Ahnung, wofür das steht?«

»Na, klar. Da hat es doch vor langer Zeit ein Unglück gegeben.«

»Richtig.« Nico Wallerstam sprach klar und deutlich. »1932 war das. Die *Niobe* war ein seefester Dreimastschoner und ist plötzlich – ganz plötzlich, Arne! – untergegangen und mit ihm neunundsechzig tapfere Männer.«

»Das habe ich gehört. Das hat Vater mir erzählt.«

»Hat er dir auch erzählt, wie merkwürdig das Ganze war?«

Arne schüttelte den Kopf.

»Es war ein wunderbarer Tag, mein Junge, strahlender Sonnenschein, kaum eine Wolke am Himmel, fast windstill. Wie heute.« Er brach ab, ging den Strand hinunter bis an die Wasserkante. Wieder blickte er still auf die Ostsee und Arne bemerkte, dass das Zittern seiner Hand stärker wurde und schließlich den ganzen Körper erfasste. »Dann kam sie, die weiße Bö!« Er sprach jetzt stammelnd und war kaum zu verstehen.

Arne blieb auf Abstand. »Was ist das, Nico?«, wiederholte er seine Frage.

»Von einer Sekunde auf die andere …«, die Stimme wurde wieder klarer, dafür aber leiser, sodass Arne näherkam, »… bildete sich eine Nebelwand, dann kam ein Sturm auf, der die Wellen hochtrieb und ihnen weiße Schaumkronen aufsetzte. Dann, Arne – so was hast du noch nicht gesehen! – dann stieg eine mächtige weiße Wolke in den Himmel auf, als wolle sie die *Niobe* zudecken. Die Wellen wurden plötzlich meterhoch, packten das Schiff und warfen es um, als wäre es aus Pappe. Blitzschnell lief der Kahn voll. Die Männer – alles erfahrene Seeleute! – hatten die meisten Luken und Bullaugen geöffnet, weil es an diesem Tag so warm war. In Sekunden war die weiße Bö da und hat sie umgebracht.« Trotz seiner Anspannung blieb Nicos Stimme leise, aber stockend.

»Vierzig Leute sind gerettet worden, sagt Vater.«

Nico reagierte nicht. Er gab keine Antwort, und Arne bezweifelte, dass er ihn gehört hatte.

»Das war nur ein paar hundert Meter von hier entfernt, und trotzdem haben wir nichts …« Er drehte sich zu Arne um und lachte. »Was sag ich: *wir?* Quatsch! Es standen damals einige Menschen an dieser Stelle und haben das Unglück mit ansehen müssen. Das Komische war: Der Sturm und die Wellen, alles blieb draußen. Hier war nichts davon zu merken, nur diese unheimliche Wolke, die zum Himmel stieg.«

Wieder zitterte Nico, war nun ganz in sich versunken, hatte die Augen geschlossen, und Arno war, als habe er die Erzählung gerade von einem Tonbandgerät gehört.

Nach Minuten, in denen keiner der beiden etwas von sich gab, öffnete Nico die Augen. »Sie hat geschlafen und irgendwer hat sie geweckt. Sie hat sich die *Niobe* geschnappt, weil die zufällig da war. Ohne Vorwarnung. Zufällig? Oder gezielt? Und die weiße Bö, sie wird uns nicht sagen, wen sie als Nächstes holt. Aber sie wird wiederkommen, Arne. Sie schläft nur, und jemand wird sie wieder aufwecken. Irgendetwas hat sie geärgert, und sie hat uns gezeigt, wer stärker ist.«

8

Führers Gallensteine

Das Bauernfrühstück, das ihm dieser dicke Tölpel vorgesetzt hatte, schmeckte überraschend gut. Sehr gut sogar.

Kay-Dante Pfeffer-Ulmen musste feststellen, dass die letzte Gurke – für gewöhnlich versteckten sich auf solchen Gerichten zwischen den Bratkartoffeln nur *Gürkchen*, Speckstück*chen* und Eier*chen* – dass diese Gurke, die ihren Namen zu Recht trug, diese *Gurke* also, dass die dabei war, seine schlechte Laune zu vertreiben.

Er hatte kaum geschlafen und sich immer wieder gefragt, warum er von der Gesellschaft auf die Insel beordert worden war, wo man doch hätte wissen müssen, wie die Dinge lagen und dass von Baumaßnahmen am Tunnel weit und breit nichts zu sehen war. Früher gab es anständige Recherchen, da hatte man alle Informationen, die man brauchte. Wollte man ihn wirklich aufs Glatteis führen? Was für eine Scheiße!

Gottlob hatte man ihm jedenfalls eine ordentliche Unterkunft besorgt. Er leistete dem Wirt im Stillen Abbitte, denn an seiner Bleibe gab es nichts zu bemängeln. Er konnte sich richtig ausbreiten. Keine Spur von Zimmer*chen* mit Fenster*chen,* die sich zudem in tropischen Nächten wie der zu erwartenden nicht öffnen ließen.

»Herr Wirt, könnte ich noch ein Bierchen bekommen?«

Pardauz! So schnell setzte sich das im Kopf fest.

»Sofort!«

Das Schönste an dieser Gaststube, die nicht wirklich seinen Geschmack traf, zu viel Holz und … im Grunde *nur* Holz, bin ich Specht? … das Schönste war die tiefenentspannende Abwesenheit der restlichen Filmcrew. Ein kleiner Trost für die erlittene Schmach.

Möllers dralle Kettenhündin Sonja und Kranker-Weizen-Alwin hatten den kraftstrotzenden Klappenschläger in ihre Mitte genommen und waren zunächst wieder nach Frankfurt gereist.

Nur Assistent Stegmann, Beleuchter Raabe, Kameramann Walter und Dreisam, der Tontechniker (er kannte die wenigsten Angestellten der Produktionsgesellschaft beim Vornamen, sie hießen schließlich nicht Alwin), blieben noch und hatten sich in einer kleinen Pension in Bannesdorf einquartiert.

Sollten Recherchen etwas ergeben (ha!), würden sie sich wieder komplettieren.

Nach Rückkehr von einem dringenden Bedürfnis – seine Blase war längst zum *Bläschen* verkümmert, machte trotzdem mehr Alarm als notwendig – stellte er fest, dass er mitten hineingeriet in seine Recherchen, nur anders als geplant.

Am Nebentisch saßen drei dieser Naturburschen, die so seltsam redeten. Kein Wort verstand er – bis auf eins. Und dieses Wort elektrisierte ihn.

Adolf-Hitler-Mole.

Zuerst dachte Pfeffer-Ulmen, er hätte sich verhört. Aber der Mann hatte es vergleichsweise deutlich ausgesprochen.

Adolf-Hitler-Mole.

Interessiert versuchte er, aus ihrem breiten Kauderwelsch hochdeutsche Wörter herauszufiltern, um zu ergründen, was diese Gestalten miteinander zu bereden hatten. Es war vergeblich.

Er besah sie genauer. Sie unterschieden sich nicht von den Typen, denen sie am Anreisetag begegnet waren. Ländlich derb gekleidet, einer von ihnen mit Gehstock. Sicher unauffällig für den, der hier lebte.

Pfeffer-Ulmen war versucht, den Wirt zu bitten, er möge den Männern ein Getränk ihrer Wahl servieren, da durchzuckte ihn ein Gedanke.

Vorsicht, KD! Ganz vorsichtig!

Einmal, ein einziges Mal in seiner Karriere, war er seinem Schöpfer dankbar gewesen, dass ihm im letzten Moment ein lukrativer Auftrag von der Angel ging. Es wäre *die Granate* gewesen, eine Doku, die ihm Weltruhm eingebracht hätte. Zweifelhaften Weltruhm, wie sich später herausstellen sollte.

1983 war es gewesen, er kam frisch von der Akademie, als ihn der *Stern* beauftragte, *Hitlers Tagebücher* filmisch zu dokumentieren. Pfeffer-Ulmen hatte nie erfahren, wer von seinem ganz privaten, ganz speziellen Faible für das Dritte Reich wusste und dies weitergetragen hatte.

Nicht, dass er dieser Ideologie nahestand – Gott bewahre! – er befasste sich einzig aus historischem Interesse mit dieser Zeit und wusste sich ganz und gar nicht allein mit dieser kleinen Schwäche. (Ganz nebenbei war er der Ansicht, die straffe Hand einer Führungspersönlichkeit würde einigen Menschen gewiss nicht schaden.)

Als die ersten Vorbereitungen getroffen waren und er immer mehr in fiebrige Erwartung geriet, platzte der Schwindel, und ihm blieb viel Kummer erspart. Den *Schtonk* bekamen andere.

Fortan schwor er sich, Vorsicht walten zu lassen und genau hinzuschauen.

Aber jetzt – Adolf-Hitler-Mole! Das Wort war zu deutlich gefallen und ihm in diesem Zusammenhang völlig unbekannt! Und er durfte sich einen Fachmann auf diesem Gebiet nennen.

Entschlossen pulte er einen Krümel dieser vortrefflichen, bissfesten Speckstücke aus den Zähnen und ging lächelnd, sein Glas Bier in der Hand, an den Nebentisch.

Dieses Glas und die zwei zuvor waren sicher nicht schuld daran, dass er mit einem Mann zusammenstieß, der ihm von links in die Quere kam. Mit Schwung schoss der Gerstensaft aus dem Glas und landete auf der Jacke des Fremden. »Passen Sie doch auf, Sie Tollpatsch!«, fuhr Pfeffer-Ulmen ihn an. Der andere sah verdutzt zurück, um dann noch ein harsches »Bauer!« kassieren zu müssen. Dann setzte der Regisseur seinen Weg fort.

Die drei Männer am Tisch sahen ihn ausdruckslos an. Er grüßte freundlich. »Erlauben Sie mir, Ihnen eine Frage zu stellen!«

Binnen Minuten fühlte er sich wieder wohl. Man nahm ihn ganz selbstverständlich in die Runde auf, er durfte Getränke ordern. Einer seiner Tischnachbarn trank mit Vorliebe Doornkaat, die anderen einen Schnaps, den sie *Köm* nannten.

Und dieser Köm machte es ihm möglich, Glas für Glas

(*Gläschen* führte der Wirt nicht, logisch) den Geheimnissen der insulanischen Sprache näher zu rücken und ihr schließlich auf den Grund zu gehen. Jedenfalls so tief, dass er versuchen konnte, den Männern das Mysterium der Adolf-Hitler-Mole zu entlocken.

»Die hieß schon immer so«, sagte einer von ihnen, Matthäus mit Namen, wenn Pfeffer-Ulmen das richtig mitbekommen hatte. »Warum genau, weiß keiner.«

»Wo finde ich sie denn?« Unverblümte Fragen führten schneller zum Ziel.

»Im Norden. Nicht weit vom Fährhafen. Von da kannst du sie auch sehen.«

»So grad eben«, erklärte der zweite, den die anderen Ernst riefen, ein großer, schlanker Kerl mit Staub, Holzstaub womöglich, an den Ärmeln. »Ist ziemlich unscheinbar. Würde man sich bei dem Namen größer vorstellen.«

»Eine echte Führermole, meinst du?« Pfeffer-Ulmen hatte ein monumentales Bauwerk vor Augen.

»Wo du das sagst: Es gibt Leute«, grinste der dritte im Bunde, den seine Gefährten passend zu dem Getränk, das er vor sich stehen hatte, Doorni nannten, »die sagen zu der Mole heute noch *Führers Gallensteine.*«

»Oh! Warum das?«, erkundigte sich der Filmer lächelnd.

»Ach, das ist 'ne lange Geschichte«, sagte Ernst, wobei er in sein Kömglas schaute und mit der Hand über die Lippen wischte.

Ganz schön durchtriebenes Völkchen, dachte Pfeffer-Ulmen, machte aber gute Miene zum Spiel. »Herr Wirt! Bitte noch eine Runde.«

»Ist dann aber die letzte!«, rief Hajo Lüders vom Tresen zurück.

»Wirklich? Schade!«

Doorni beugte sich vor und raunte im Verschwörerton: »Für *dich*, meint er. *Deine* letzte Runde. Wenn wir alle noch eine bestellen, macht er gern 'n büschen länger.« Der Gast aus Frankfurt sah zum Tresen und sah den Wirt grinsen. »Musst du dann aber …« fuhr Doorni fort, »… auf deinen Deckel nehmen. Wir sind zu tief in der Kreide bei ihm. Verstehst du?«

Pfeffer-Ulmen verstand und sein Respekt für die Einheimischen wuchs. Mit seinem ersten Eindruck hatte er komplett danebengelegen. Von wegen einfältig! Das waren Menschen, die hatten es faustdick hinter den Ohren. Wenn die in die Frankfurter Bankentürme einziehen würden, wären die ansässigen Institute in Kürze Weltmarktführer oder der Staat komplett pleite, je nach Tageslaune dieser Schlitzohren.

Freimütig erzählte der Filmer seinen Tischnachbarn vom eigentlichen Zweck seines Besuchs und dass er sich diesen hätte schenken können. Mit dem Ausdruck des Bedauerns nahmen die drei Fehmaraner die Gläser vom Tablett.

»Zum Wohle!«, rief Pfeffer-Ulmen. »Ach … war das jetzt *meine* Runde? … Ja, natürlich!«, lachte er. Man trank, und der Gastgeber entschuldigte sich, er wolle kurz die Waschräume aufsuchen.

»Waschräume?«, flüsterte Doorni, als Pfeffer-Ulmen sich schleunigst auf den Weg gemacht hatte.

»He mütt pissen«, erklärte Matthäus. »Also, ich finde, dat is 'n Netter. Büschen komisch vielleicht, aber nett.«

»Büschen unbeherrscht. Aber vor allem spendabel«, freute sich Hermann.

»Mir tut er ja leid«, nickte Ernst. »Den ganzen Weg von Frankfurt hier hoch für nix. Das kann einen wirklich ärgern. Da sieht man mal wieder, was die Tunnel-Betreiber für 'ne kümmerliche Information betreiben.«

»Was meint ihr?«, fragte Matthäus nach einer Pause. »Er scheint ja ziemlich interessiert zu sein an den Geschichten von damals. Wenn man ihm nun genau erzählen würde, also so richtig wahrhaftig, ohne was zu beschönigen, … ich meine, da hätte er doch genug Material für seine Dokumentation, oder?«

»Hätte er.« Doorni schaute in sein leeres Glas.

»Und er ist wirklich nett«, sagte Ernst. »Der hätte das verdient.«

»Allemal hätte er das«, bestätigte Matthäus.

Alle drei nickten mit ernsten Mienen.

»Fehmarn lag ja im Krieg weit ab vom Schuss«, erklärte Ernst, als die Runde wieder komplett war, »im Grunde genommen hat man hier überhaupt nichts wahrgenommen von dem ganzen Scheiß. Sagt man.«

»Die Nazis haben bald gemerkt – sagt man – «, Matthäus zwinkerte schmunzelnd, »dass sie hier nichts zu melden hatten – bis auf eine Ausnahme.«

»Die wäre?« Pfeffer-Ulmen hob sein Glas »Aber erstmal – zum Wohle!«

»Ja, Prost, Kante«, erwiderte Doorni.

»Kay-Dante. Sag einfach Kay.«

»Merkwürdiger Name. – Die Ausnahme war Heydrich.«

»Heydrich? Reinhard Heydrich, der Organisator der Judenverfolgung?«

»Genau der. Der hatte ja 'ne Fehmarnsche geheiratet und war öfter auf der Insel.«

Pfeffer-Ulmen sperrte Augen und Mund auf. Hat sich erledigt, Möller, schoss es ihm durch den Kopf. Wen interessiert das noch so traurige Schicksal eines Brandstifters, wenn er dem Geheimnis der Hitler-Mole auf den Grund gehen konnte?

»Nicht zu glauben. Und …?«

»1935 kam Himmler, der Chef von der SS, auf die Insel, um die Pension *Imbria Parva*, die von Heydrichs Frau betrieben wurde, einzuweihen.« Matthäus nahm einen großen Schluck Bier. »Die beiden hohen Herren, so sagt man jedenfalls, waren gegen allen Anschein nicht die größten Fans von Adsche …«

»Adsche?«

»So seggt wi hier. Adolf.«

»Verstehe. Adsche. Lustig.«

»Damals hatte man schon die Breite Straße unten in der Stadt«, fuhr Matthäus fort, »die wurde umgetauft in Adolf-Hitler-Straße und im Westen, in Petersdorf, gab es den Adolf-Hitler-Platz. Himmler und Heydrich hatten sich nun folgendes ausgedacht: Diese Steinmole, die da einsam in der Ostsee liegt, kriegt das Prädikat *Besonders Wertvoll* und so nannten sie auch *das* Ding nach ihrem Chef. Und Himmler soll gesagt haben, als sie in der Pension ordentlich einen zur Brust genommen hatten: Das sind *des Führers Gallensteine*.«

Staunend schüttelte Pfeffer-Ulmen den Kopf. »Nicht zu fassen. Aber woher hat sie denn wirklich ihren Namen, diese Mole?«

»Tjä.« Ernst hob die Schultern. »Wenn man dat nu wüss.«

Kay-Dante Pfeffer-Ulmen hatte dem Alkohol, der von seinen neuen Freunden in immer kürzeren Abständen bestellt wurde (man wollte offenbar Rücksicht auf die Nachtruhe des Wirts nehmen), jetzt so weit zugesprochen, dass er sie auch verstand, wenn sie in ihren heimischen Dialekt verfielen. Wie hatte sein Lehrer an der Filmakademie damals gesagt: *Bildung macht durstig. Trinken bildet.*

Matthäus blickte sich nach allen Seiten um, beugte sich zu Pfeffer-Ulmen über die Tischplatte und flüsterte: »Wir werden dir jetzt die ganze Wahrheit sagen, Kay. Die ganze, ungeschminkte Wahrheit. Aber …«, er wurde so leise, dass der Filmer sich ihm entgegenstreckte, »du musst unsere Namen raushalten, ist das klar? Hier auf der Insel gibt es immer noch Leute, die sehr unangenehm werden können, wenn man von den alten Geschichten spricht.« Er setzte sich wieder gerade. »Haben wir dein Wort?«

Pfeffer-Ulmen nickte schweigend.

»Wir haben natürlich noch einen Haufen mehr an Informationen, was damals lief«, raunte Hermann. »Gegen eine kleine Aufwärtsentschädigung könnten wir …«

»Auf*wands*entschädigung, Doorni«, sagte Ernst. »Aber so weit sind wir längst noch nicht. Wichtig ist doch, dass Kay Material für eine schöne Doku zusammenbekommt.«

Matthäus erklärte: »Man vermutet: Die Nazis wollten da oben einen riesigen Hafen bauen, zunächst als Kriegshafen, nach dem Krieg sollte er dann als ziviler Anleger weiterverwendet werden.«

»Aber ich bin in Marienleuchte gewesen, ich weiß nicht, ob …«

»Nee, Kante!«, fiel Doorni ihm ins Wort. »Op de anner Siet. Nach Westen. Die Mole liegt westlich vom jetzigen Fährhafen.«

»Aha.«

»Ja«, sagte Ernst, »und jetzt kommt's. Nachdem man also ein paar große Steine versenkt hatte, um die westliche Grenze des Hafens zu markieren, fing man, so '36, '37, richtig zu bauen an. Und mit einem Schlag hörten sie wieder auf.«

»Warum?«

»Genau weiß das keiner, nur: Ein Jahr später, 1938, wurde hundert, zweihundert Meter noch weiter westlich ein Gebiet, in dem Vögel nisten, als Naturschutzgebiet ausgewiesen.«

»Wenn ich dich richtig verstehe, haben sich die allmächtigen Nazis durch ein paar … was nistet da für Federvieh? …«

»Brandgänse, Seeschwalben, Rothalstaucher. So was.«

»… durch sowas davon abhalten lassen, einen Kriegshafen zu bauen?«

»Richtig.«

»Und wer hat dafür gesorgt, dass dieses Gebiet geschützt wurde?«

»Dem Vernehmen nach«, sagte Matthäus, »geschah das aus demselben Grund. Himmler und Heydrich, der nördlich der Insel gerne segelte, wollten den Alten mal so richtig piesacken und sorgten dafür, dass die Behörden in eine seiner Herzensangelegenheiten grätschten. Den *Belthafen*, wie der Führer ihn schon genannt hatte. Skandinavien fest im Blick.«

»Aber das muss er doch spitzgekriegt haben, oder?«

»Nicht nur das«, fuhr Matthäus fort. »Was die allerwenigsten Leute – auch hier auf der Insel – wissen, ist: Hitler selbst hat ein Jahr vor Himmler die Insel besucht. Er hat hier einen guten Bekannten gehabt und bei ihm zwei Wochen gewohnt. Der hat ihm auch die Nordküste Fehmarns als idealen Standort für einen Hafen empfohlen.«

»Hm«, machte Pfeffer-Ulmen *(immer vorsichtig, KD, nicht allem glauben!)*. »Was mich ein wenig wundert: Ihr sprecht viel von Gerüchten. Es gibt doch sicher auch auf eurer Insel eine Zeitung und wenn der Kanzler des Deutschen Reichs …«

»Ich weiß, was du meinst. Komischerweise fehlen im Archiv unserer Zeitung alle einschlägigen Ausgaben von 1934 bis 1936. Im Goldenen Buch der Stadt, in das sich auch Himmler verewigt haben soll, fehlen sogar zwanzig Jahre, '31 bis '51. Jemandem soll ein Tintenfass genau auf diesen Seiten umgekippt sein.«

»Merkwürdig. Und wisst ihr auch, was der Führer hier gemacht hat?«

»Wissen wir!«, nickte Ernst. »Was ich dir jetzt sage, klingt unwahrscheinlich, aber genauso hat es sich abgespielt. Ich selbst kenne den Sohn von Adsches Bekannten – ich werde seinen Namen natürlich nicht nennen! – und der hat's mir verraten! Hitler also steht mit ihm am Grünen Brink, lässt seinen Blick über die Ostsee schweifen und nickt strahlend. ›Das ist genau der richtige Ort‹, meint er. ›Hier wird gebaut!‹«

»Wahnsinn!«, entfuhr es dem atemlos lauschenden Pfeffer-Ulmen. »Und dann?«

»Und dann macht ihn sein Freund darauf aufmerksam, dass die Ostsee an dieser Stelle äußerst flach ist, sodass dort eigentlich nur Schiffe mit wenig Tiefgang ankern könnten.«

»Oh!«

»Darauf schaut der Führer ihn an und sagt in seiner unnachahmlichen Art: ›Dann werden hier die Bagger rollen!‹«

Pfeffer-Ulmen lehnte sich schwer atmend zurück, schüttelte den Kopf und fühlte kleine Schweißperlen auf der Stirn. »Wahnsinn!«, wiederholte er hauchend. »Aber – woran ist der Bau denn nun gescheitert?«

Matthäus klärte ihn auf. »Außer Himmler und Heydrich gab es noch jemanden, der nicht zu Hitlers besten Freunden gehörte und der das kleine Verschwörungsspiel gern mitmachte. Das war der Reichsforstmeister Göring, dem seit kurzem der Naturschutz und die Landschaftspflege unterstanden. Und der beauftragte die für Fehmarn zuständige Kreisleitung, das *Naturschutzgebiet Grüner Brink* ins Leben zu rufen, und *alle störenden Einflüsse in unmittelbarer und weiterer Nähe* unterbinden zu lassen.«

»Und Hitler? Was sagte der dazu?«

»Adsche hat sich natürlich unheimlich geärgert«, erklärte Ernst. »Aber 1938 hatte er anderes zu tun als sich mit den maßgeblichen Herren zu streiten. Doch sein Frust blieb und deshalb: *Führers Gallensteine.*«

»Und Behörden dieser Insel setzten die neue Regelung um?«

Die drei Einheimischen sahen sich an, keiner sagte etwas und nur Doorni nickte nach einiger Zeit. »Ja, dat weern Lüüd vun düsse Insel.«

Der Regisseur merkte, dass er in ein Wespennest gestochen hatte, und plötzlich erinnerte er sich an die Radfahrerin am Ankunftstag, die sich vehement über den geplanten Tunnelbau ereifert hatte. Von bedrohten Tieren hatte sie gesprochen, von Lebensraum, der zerstört würde.

Dann verwarf er seine Überlegungen. Einen Zusammenhang herzustellen schien ihm zu gewagt.

Oder?

Gewagt vielleicht, aber … eine *Granate*. Und gerade der Vergleich von damals zu heute! Das wär's doch! Die Quoten würden in schwindelerregende Höhen steigen. Er würde Kinosäle bis auf den letzten Platz füllen. Der Oscar für die beste Dokumentation wäre ihm so gut wie sicher.

Energisch stemmte Pfeffer-Ulmen sich aus seinem Stuhl hoch. »Herr Lüders! Eine allerletzte Runde, wenn Sie erlauben. Und darf ich Sie an unseren Tisch bitten? Ich möchte mit Ihnen auf einen der spannendsten Abende meines Lebens anstoßen.«

Wie und wann er ins Bett kam – er wusste am nächsten Tag kaum noch etwas. Dunkel erinnerte Pfeffer-Ulmen sich, dass zwei Männer ihm die Treppe hochgeholfen, ihn notdürftig entkleidet und die Fenster weit offengelassen hatten, wobei ihm in seinem Zustand die Wärme, die auch in dieser Nacht kaum abgeklungen war, ziemlich schnurz blieb.

Es war *ein* Satz – er war ganz zum Schluss dieses kömseligen Abends gefallen – der sich ihm eingeprägt und trotz seiner Verfassung einen zwar unruhigen, aber doch beglückenden Schlaf beschert hatte.

Wenn er sich recht entsann, war es Ernst Naujoks, der ihn mit der atemberaubenden Nachricht – quasi im Vorübergehen – überrascht hatte.

Naujoks war es auch, der ihm einen Termin für ein Wiedersehen vorschlug.

9

Schwer ist der Beruf

»Liebe Kameraden«, sprach Wehrführer Thilo Thode, hob seinen Blick und schaute geradewegs in die so schönen wie erwartungsfrohen Augen von Maike Hinrichs. Eilig fuhr er fort:»… und -radinnen, natürlich. Nu geiht dat los!«

Kameradschaft wurde großgeschrieben bei der Freiwilligen Feuerwehr Altenkamp, bei den Einsätzen, privat, bei ihren Treffen im Spritzenhaus, wahlweise *Lüders' Kroog*. Wenn es um sie herum brannte, hatte jeder von ihnen ein wachsames Auge auf den Nebenmann. Das war bei einem Scheunenfeuer nicht anders als am Grillabend.

Die nächste Übung stand bevor, diesmal mit Ansage. Das wurde von den Brandbekämpfern mit Genugtuung vernommen.

In der Regel nämlich wurden die Belastungstests von der Wehrführerschaft spontan und ohne vorherigen Hinweis anberaumt. *Wer rasten deit, deit rosten.*

Es hatte sich nur mit der Zeit das Problem ergeben, dass sich zu viele Alarmmeldungen als fingiert erwiesen und die Kameraden sich daran gewöhnt hatten, dass es sich wieder nur um eine Übung handelte.

Solche Einsätze waren unbeliebt, denn das dörfliche Milieu machte sie schon unter realen Gegebenheiten fast unmöglich. Die Straßen waren eng, nicht selten nur in einer Richtung befahrbar. In der Saison kam erschwerend hinzu, dass viele Touristen Abenteuerbrände fest in ihre Urlaubsplanung verankert zu haben schienen und beim Glotzen die Zufahrten versperrten.

So kam es, dass die Kameraden – und -radinnen – mitunter nicht mit dem nötigen Ernst bei der Sache waren.

Drei Monate zuvor gerade hatte Ernst Naujoks – auch er war dem Trend zum Tourismus gefolgt und betrieb mehrere Schuppen als Bootslager, die zuvor Nutzholz für seine Tischlerei beher bergten – aufgeregt bei Wehrführer Thilo Thode angerufen, eine seiner Hallen brenne.

Sein Pech war es, dass die Kameraden der FF Altenkamp just an diesem Abend ihre Jahreshauptversammlung abhielten und nach reichlich Bier und Korn dem dringenden Appell ihres Wehrführers nicht recht folgen, weil nicht glauben mochten.

Als der Ernst der Lage erkannt worden war und die Wehr anrückte (um nicht mit dem Gesetz in Konflikt zu kommen, engagierte man kurzfristig Taxifahrer zur Lenkung der Löschwagen), hatte sich die Halle mit den darin befindlichen Jachten schon in Rauch aufgelöst.

Zum Glück war Naujoks gut versichert, machte trotzdem Thode gegenüber seinem Ärger Luft. Der drückte sein Bedauern aus und dem Brandopfer einen Kalender in die Hand, der alle Termine der Feierlichkeiten im kommenden Jahr auflistete – die Jahreshauptversammlung hatte der Wehrführer dick unterstrichen.

In den letzten Wochen nun hatte sich die Sachlage deutlich verändert. Auch unter größten Anstrengungen der Behörden war es nicht gelungen, den Serienbrandstifter dingfest zu machen. Der zündelte ungehemmt weiter.

Die Feuerwehren der Insel waren in höchster Alarmbereitschaft und mussten täglich mit dem Schlimmsten rechnen.

Übungen fanden seltener und dann mit Ansage statt, die Feierlichkeiten wurden vorläufig auf die unumgänglichen Termine begrenzt, der Alkoholausschank auf ein lebensnotwendiges Minimum reduziert.

Es war eine weitere tropisch warme Nacht dieses trockenen Sommers, als die Sirene auf dem Dach der ehemaligen Volksschule Altenkamp losheulte.

Routinemäßig fuhren die Brandbekämpfer in ihre feuerfesten Anzüge, rissen die Tore vom Spritzenhaus weit auf, sprangen auf die Löschwagen – die FF Altenkamp verfügte über zwei moderne Einheiten – und es ging in wilder Fahrt zum Brandherd, einer Scheune auf einem abgelegenen Bauernhof.

»Wenn ich den erwische«, fluchte Hermann Konietzka und

drehte heftig am Steuerrad des Löschgruppenfahrzeugs, »wenn ich diesen Schweinehund in die Finger krieg, dann …« Er rang nach Worten, die seinen Gemütszustand in etwa beschreiben würden, fand aber auf die Schnelle keine.

Maike Hinrichs, die neben ihm saß und damit beschäftigt war, den Kinnriemen ihres Schutzhelms festzuzurren, teilte seine Empörung. »Genau! – Was dann, Doorni?«

Der zuckte mit den Schultern. »Tja, ick weet ook nich. Mi fallt nix in.«

»Mit 'm C-Rohr wegpusten? Wat hältst davon?«

»Mind'stens! Ich möch ma wissen, wie dat nachher werden soll. Wenn der Tunnel da is.«

»Wieso?«

»Ja, die ham sich doch jetzt schon in de Haare mit de Dänen, wie das laufen soll. Wer was macht, wenn's in der Röhre mal brennt. Wer is für was zuständig und so. Und das bei Normal. Wat is, wenn da mal genau so 'n Verrückter unterwegs is? Wat is denn?«

»Och, Doorni, da mach dir man kein' Kopp. Bis das soweit ist, kucken wir beide uns die Zuckerrüben von unten an. Nämlich – weiß' was, der blöde Tunnel kommt nie, das schwör ich dir!«

Hermann – Doorni genannt, weil ihm ein, zwei kleine Doornkaats nach – niemals vor! – einem Einsatz halfen, das Geschehene zu verarbeiten – blieb skeptisch. »Na, wolln ma sehn. Du beleevst dat bestimmt noch. Du bist ja noch 'n Teenager, du.«

»Schön wärs. Nächs' Jahr bin ich Ü 30, Mann!«

»Has' dich gut gehalten, Maike.«

»Oha! Hermann, du büs ja 'n richtigen Schamöör!«

»Auf jeden Fall wird Malte das noch erleben. Richtig, Malte?«, rief er an Maike vorbei der dritten Person auf der Vorderbank zu. Der junge Mann hatte bisher geschwiegen und antwortete auch jetzt nicht. Er schien in Gedanken versunken.

»Malte!!« Der zuckte zusammen, räusperte sich und schnarrte zurück: »Lass dir von Maike bloß keinen Bären aufbinden, Hermann. Im Tunnel wirst du sicher sein wie in Abrahams Schoß. Das wird der beste Tunnel aller Zeiten.«

Während Maike Hinrichs prustete, fuhr Malte Petersen fort: »Es geht auch nicht um Zuständigkeiten bei der Brandüberwachung. Es geht um den Feuerwehrbedarfsplan. Die Gemeinde- und Ortswehren müssen – und werden – ihre Maßnahmen und Investitionen für die nächsten Jahre verbindlich festlegen. Also muss rechtzeitig ein Konzept da sein – egal, ob's mit dem Tunnel was wird oder nicht …«

»… ich hoffe, es wird nichts!«, fiel Maike ihm ins Wort. »Wenn … da vorn musst du links ab, Doorni … wenn Hermann aber nun recht hat und es läuft tatsächlich noch mal so 'n Spinner durch die Gegend und legt Feuer in der Röhre, was dann? Wenn die Dänen sagen, der kommt von euch, löscht ihr das mal und wenn …«

»Was für ein Scheiß, Maike! Ihr Tunnelgegner zieht eure Argumente an den Haaren herbei. Du glaubst doch nicht …«

»Richtig! Glaub ich auch nicht. Wie ist denn Leif Johnsens Kleiner ums Leben gekommen? Tunnelbrand, nicht wahr? *Unvermeidbares Unglück*, hä? Dazu war keine Brandstiftung nötig, Malte! Ein Tunnel ist immer eine Falle!«

»Das stimmt doch überhaupt …«

Bevor der Junge vollständig antworten konnte, rief Hermann: »Da! Da ist es! Ach, herrje!«

Er traf den Nagel auf den Kopf. Auch Maike und Malte erkannten, während Hermann den Wagen zum Stehen brachte, dass von der Scheune nichts mehr zu retten sein würde und sie sich darauf würden beschränken können, das in hohen Flammen lodernde Feuer von den anderen Gebäuden fernzuhalten.

Mit quietschenden Reifen hielt der Wagen des Wehrführers Thode neben ihnen, der mit schnellem Blick erkannte: »Dat wuppt wi nich alleen, Lüüd. Ich werde sofort Unterstützung anfordern.«

Thilo Thode sollte an diesem Tag nicht der einzige sein, der sich mit dieser Absicht trug. Seine Kollegen bei den anderen Ortswehren auf der Insel sahen sich vor das gleiche Problem gestellt. Im Minutentakt jaulten die Sirenen in den Dörfern los, und die Kameraden wussten nicht, wie ihnen geschah.

»Eins muss man dem Zündler ja lassen«, sagte Hermann Konietzka, während er das Rohr zwecks Kühlung auf das Wohnhaus richtete. Respekt schwang in seiner Stimme mit. »Er gönnt sich keine Pause.«

»Quatsch!«, fluchte Thode. Wieder und wieder versuchte er, per Sprechfunk Unterstützung aus dem Nachbardorf zu erflehen – vergeblich. »Das ist nicht *einer*! Würd' der gar nicht schaffen. Oder hast du Lewis Hamilton auf der Insel gesehen?«

»Meins', das sind mehrere?« Maike Hinrichs hustete, scharfer Rauch war ihr in die Lungen gefahren.

»Meine ich.« Thode hatte seine Bemühungen um Verstärkung eingestellt. Es war zwecklos. »Und keine Einzelgänger. Die wissen voneinander.« Grimmig sah er sie an. »Ich hab schon länger den Verdacht … vielleicht fragst du deinen Vater mal.«

Sie stutzte und sah den Wehrführer ungläubig an. »Mein Vater? Was hat der denn mit dem hier zu tun?«

»Schorsch Meier hat mir vor zwei Wochen gesagt, dein alter Herr würde gern seine Wiesen hinterm Campingplatz kaufen. Er meinte zu Schorsch: Es gibt einfach keine Grundstücke mehr. Und niemand will seine verkaufen. Ganz knatschig sei er gewesen.«

»Du spinnst doch! Glaubst du wirklich, Vadder läuft durch die Gegend und zündet Häuser an?«

»*Er* bestimmt nicht. Aber ich trau Ole Hinrichs alles zu. Der läuft doch inzwischen Amok! *Solche* Dollar-Zeichen in den Augen.«

Sprachlos schaute Maike Hinrichs ihn an.

»Kurzschlüsse? *Kurzschlüsse? Siebenmal 'n Kurzschluss?* Ihr habt sie doch nicht alle!« Thilo Thode war auf der Zinne, als Polizeiobermeister Wachsmuth ihm vom Stand der Ermittlungen berichtete.

»Krieg dich ein, Thilo! So unglaublich es klingt: Es waren alles Zufälle. Und drüben auf dem Festland hat es auch gebrannt. Zweimal. Beide durch Blitzeinschlag.«

»Sag an! Von einem Gewitter hab ich überhaupt nichts gehört.«

»War aber. Und bei dieser Luft, hat der Techniker vom LKA gesagt, reicht der kleinste Funke, und dat seggt rumms. Versteihst du?«

Dem Beamten wurde unbehaglich unter Thodes stechendem Blick. »Sauber!«, flüsterte der. »Sauber! Lass mich raten: Der Staatsanwalt hat alle Fälle freigegeben und die Versicherungen zahlen. Zufällig richtig?«

Wachsmuth zuckte die Achseln und nickte. »Rechtlich alles einwandfrei.«

»Und was sagt dein Gefühl, Julius? *Sieben Kurzschlüsse?* Du weißt doch selbst, was auf der Insel läuft.«

Der Polizist straffte seine Uniformjacke und räusperte sich. »Ich weiß nicht, was du meinst, Thilo. Der Fall … die Fälle sind abgeschlossen.«

10

Tränen an der Schleuse

Orangefarben stand die Sonne über dem Horizont, ihr Licht spiegelte sich in den Nehrungen und kleinen Weihern, die von einer großen Sturmflut hundert Jahre zuvor in das Ufer gegraben worden waren.

Dem Verlauf der Küste folgend, zog sich der Deich endlos dahin, versprach dem Land Schutz vor dem Wasser, ein trügerisches Versprechen, denn irgendwann würde es kommen, das Meer, irgendwann in naher oder ferner Zukunft, wie damals, auch wenn an diesem friedlichen Abend nichts darauf hindeutete. Eines Tages würde sie kommen, die Flut. Sie würde aus der flachen Ostsee emporsteigen, getrieben von einem überraschenden, einem verheerenden Sturm, geboren aus einer Wetterlage, wie sie in unzähligen Generationen nur einmal vorkommt.

An einem Abend wie diesem schien diese Vorstellung absurd, so still, so ruhig lag die Küste im Dämmerlicht. Die Sonne bündelte ihre letzten Kräfte zu einem verschwenderischen Farbspektakel, warf gelbrote Kegel auf die leicht gekräuselte See, spannte glatte, goldene Folien über die Binnengewässer.

Aus dem Dunkel des Ostens, daher, wo die Strahlen der Sonne nichts mehr auszurichten vermochten, nur wenige Meter über der Ostsee, nahte eine Formation von Vögeln.

Es war die Zeit der Heimkehrer. In einem nicht enden wollenden Band, mit sparsamen Bewegungen der Flügel, zudem völlig lautlos, schwebten Brandgänse ein und suchten ihr Nachtquartier auf. Das blasser werdende Licht, von den Nehrungen reflektiert, genügte ihnen zum Landeanflug, heftiger Flügelschlag bremste ihren Flug; eine schaumig helle, quirlende Spur auf dem Wasser kündete von dem Moment des Aufsetzens, ihr Instinkt leitete die Vögel weiter zu ihren Schlafplätzen.

Als die Sonne versank und der Welt ihre Farbpalette zum beliebigen Gebrauch hinterließ, folgte Schwarm auf Schwarm, ein jeder agierte genauso wie der vorige. Dann war es vorbei, das Wasser der Binnenseen kam zur Ruhe, die Gänse senkten die Köpfe aufs Gefieder, es wurde dunkler und dunkler.

Was dann folgte, war Stille.

Nach menschlichem Empfinden herrschte absolute Stille.

Die Eule, die den Tag verschlafen hatte und deren Jagdzeit jetzt begann, besaß ein wesentlich feineres Hörvermögen als der Mensch. Mit Interesse hatte sie vom Wipfel einer hohen Fichte das Geschehen bei Familie Brandgans verfolgt. Auf sie hatte es der große Nachtvogel nicht abgesehen. Er verfügte über Geduld und hatte es mit der Nahrungsbeschaffung nicht eilig. Mäuse bevorzugten für ihre Streifzüge nahezu völlige Dunkelheit und so würde die Eule derzeit noch keinen großen Erfolg haben.

Plötzlich vernahm sie ein Geräusch. Es kam aus weiter Ferne und doch hatte ihr empfindliches Gehör es wahrgenommen. Ein Mensch hätte weiterhin nichts als Stille um sich herum verspürt.

Die Eule drehte den Kopf nach Westen, und ihre leuchtend gelben Augen blickten starr auf das Gebäude, das, bei Tageslicht weithin sichtbar, hinter dem Deich stand.

Ein Mensch, hätte er das Geräusch vernommen und den Blick in diese Richtung gewandt, würde von einem Backsteinhaus sprechen, quadratisch im Grundriss, keine Tür, vergitterte Fenster. Im Norden und im Süden waren die Wände zum Fundament hin offen, und zu bestimmten Zeiten lief Wasser durch das Haus.

Wüsste er, der Mensch, welche Bewandtnis es mit diesem Gebäude hatte, könnte er Auskunft geben, dass dies ein Schleusenhaus war. Ein System dichtbewachsener Gräben hinter dem Deich hatte Zugang zur Ostsee, reguliert durch eine Sperre.

Die Eule hätte an diesen Auskünften wenig Interesse gehabt, das einzige, was sie im Moment bewegte, war das Geräusch. Besonders, weil es sich jetzt wiederholte.

Der Mensch, käme er in Hörweite, hätte den Laut für das Piepsen einer Maus halten können. Die Eule wusste es besser. So klang keine Maus.

Still verließ sie ihren Beobachtungsplatz, stieg mit wenigen Flügelschlägen hinauf zum Deich, erreichte das Gebäude, landete auf dem Dach und lauschte.

Als ein leises Schluchzen von der Hauswand zu ihr drang, wusste sie, dass da unten nichts Nahrhaftes auf sie wartete.

Trotzdem blieb die Eule neugierig und trippelte bis an die äußerste Kante. Das half nicht, denn das Dach ragte soweit über das Haus, dass ihr ein genauerer Blick verwehrt blieb. Was sie sah und sie für einen Moment erschreckte, war das Aufblitzen eines Lichtscheins, der Sekunden später wieder erlosch.

Die kleine Gestalt, die mutterseelenallein an der Hauswand kauerte, sah mit tränenverschleierten Augen, wie über ihr ein großer Vogel vom Dach auf einen Baum in der Nähe flog und dort mit den Ästen zu einer Einheit verschmolz.

Das einzige, was das Menschenkind in der Dunkelheit ausmachen konnte, war ein leuchtend gelbes Augenpaar, das es betrachtete.

Das Mädchen schaltete die Taschenlampe wieder ein und sah auf das vergilbte Papier in seinen Händen. Ein ums andere Mal legte es ein Blatt zur Seite, las stumm, schluchzte dann mehrmals und sah wieder hinauf zu dem großen Vogel, wobei es sich die Tränen aus den Augen wischte.

Der Uhu, wäre er ein Mensch, hätte sicher Mitleid mit dem dünnen, zitternden Wesen, denn nichts auf der Welt konnte unverfälschter, wahrhaftiger und ehrlicher sein als das Weinen eines Kindes.

11

Der Tag der Leberwurst

Nele Grootmaak war entgeistert, als Sören Dettmann, ein Monstrum von einem Spiegel unter dem Arm, auf die Wand über dem vergilbten Waschbecken zeigte: »Dor mütt de hen.«

Wortlos deutete sie auf den großen Sprung, der sich quer über die Glasfläche zog.

»Ich häng ihn so«, er hielt das Lächeln, das mit seiner Glatze um die Wette strahlte, für entwaffnend, »dass der Sprung nicht auffällt«, wuchtete den Spiegel auf sein angewinkeltes Knie und stemmte ihn mit zwei Händen hoch gegen die Wand, dass es knallte. »Flohmarkt. – Machst mal 'ne Markierung?«

Dieses missratene, in massivem Eichenrahmen gefasste Möbel, von dem Sören offenbar eine optische Linderung der Schandwand, wie er sie stets bezeichnete, schon allein des Waschbeckens wegen, erwartete; dieser Spiegel brauchte nicht an der Wand zu hängen, sondern war von seinen Maßen her definitiv geeignet, sie zu ersetzen.

Aber was sollte sie auch von Sören anderes erwarten. Ein Geschmack wie eine Kuh, hatte Norma schon vor Ewigkeiten festgestellt, ein hinkender Vergleich, fand Nele, Rindviecher würden sich keinen Spiegel, ob hässlich oder nicht, in den Stall hängen. Im Unterschied zu Sören waren sie nicht eitel.

Und wo lebte sich Eitelkeit trefflicher aus, wo sonst saß man ohne verstohlene Blicke seinem Spiegelbild gegenüber? Richtig, in *Nele Grootmaaks Friseursalon*, zwei Häuser entfernt – wie praktisch für die nachfolgende Schnittanalyse – von *Lüders' Kroog*.

Der Haarschnitt für die ganze Familie – dieses allumfassende Angebot zierte, handgemalt und noch in Originalfarben, die an vielen Stellen erblindete Fensterscheibe.

Was Sören betraf – Nele hatte keinen Grund zu der Annahme, ihr Lebensabschnittsgefährte handele aus eigenem Interesse.

Seine Eitelkeit konnte unmöglich solche bizarren Blüten treiben, dass er sich auf einen Barbierstuhl setzte, vor einen Spiegel, der die Ausmaße eines Brinker Binnensees hatte, einfach so, ohne sich scheren zu lassen, nur verträumte Blicke mit dem eigenen Konterfei tauschend.

Sie durfte sicher sein, dass er es gut meinte. Sören meinte es gut. Und vor allem: mit ihr.

Doch auf den Gedanken, das antike Waschbecken, das an dieser Wand hing, gegen ein zeitgemäßes Produkt auszutauschen, auf diesen Einfall konnte eigentlich nur Sören nicht kommen.

Hässliches mit einer noch größeren Scheußlichkeit zu kombinieren, um den Salon optisch vollends in den Abgrund zu stürzen – Nele hätte allen Kunden umsonst die Haarpracht stutzen *und* darauf noch einen Treuerabatt gewähren können – im Endeffekt würde es auf dasselbe Ergebnis hinauslaufen.

»Ich weiß gar nicht, wie ich dir danken soll.«

Ironie war an Sören schon immer verschwendet gewesen – sie hätte *ihm* einen kostenlosen Haarschnitt anbieten können, vielleicht wäre er darüber gestolpert. Das mit dem Treuerabatt allerdings hätte sich schon wieder außerhalb seines eng begrenzten Spitzfindigkeitsspektrums bewegt – er hielt sich tatsächlich für treu, das hätte er ihr noch unter unschuldigem Augenaufschlag mit einer Blonden links und einer Brünetten rechts im Arm beteuert. Sören, der Mädchenhasser vergangener Tage – wo war er geblieben? Und: Wie schaffte er es, bei den Frauen zu landen?

Sören! Ausgerechnet! Glatze, Bierbauch, dicke Brille. Und diese seltsamen Oberhemden! Angesichts solcher textilen Verfehlungen verlor Nele jedes Mitleid mit chinesischen Schneiderinnen (oder waren es indische?). Erstaunlich daran: Die Knöpfe hielten, wo sie jeden Moment damit rechnete, dass sie mit einem lauten Knall einen Spiegel zum Splittern brachten.

Aber gut. Sie nahm einen Mascarastift – jetzt kam es auch nicht mehr darauf an – stieg auf die Zehenspitzen, als das nicht reichte, auf den Frisierstuhl, den Sören mit der freien Hand zur Ruhe zwang, und erklomm das Waschbecken, das sich gegen den Anschein als stabil und sicher erwies,

Sie markierte gründlich – seiner Augen wegen.

Schnaufend setzte Sören den Spiegel ab, half ihr auf festen Boden, gemeinsam schauten sie in die Höhe, an die Wand.

»Wo?«

Sie leitete ihn mit dem Zeigefinger.

Nele durfte, als Sören ihr zur vorübergehenden Trennung einen Kuss auf die Wange drückte, danach mit einem leisen, wohligen Seufzer auf die Stelle sah, wo ER baumeln und den Salon überstrahlen würde (eventuell ließ sich der Sprung mit einer pfiffigen Werbebanderole verdecken); sie durfte davon ausgehen, dass ER vor Ablauf der nächsten zwei Jahre an jener Wand zum Hängen käme – in etwa ziemlich nah an der Mascara-Markierung, aber mit Chance so, dass sie irgendwo hinter IHM verschwände.

Bei »Tschü-hüs« und dem ausbleibenden Klingeln der Ladenglocke beschlich sie allerdings der Verdacht, dem Spiegel könnte dasselbe Schicksal beschieden sein wie eben jener Glocke (»Flohmarkt«), die – aber höchstens! – seit drei Jahren in der untersten Schublade des Tresens ihr trauriges Dasein fristete – dabei konnte sie so fröhlich läuten.

»Halbe Stunde ist um. Müsste fertig sein.«

O Gott! Sie hatte Herma Blank unter der Trockenhaube vergessen! Zehn Minuten länger, und der unheimliche Brandstifter hätte ohne sein Zutun eine weitere Kerbe in sein Feuerzeug schnitzen dürfen.

Wie hatte sie das Klingeln überhören können! Nele überlegte, die Idee mit der Ladenglocke noch einmal zu überdenken. Da fiel ihr ein, dass diese Trockenhaube ein Geschenk von Sören gewesen war. Er hatte sie auf einem Flohmarkt günstig erstanden. Deshalb.

»'tschuldige, Herma!« Nele befreite die unsicher lächelnde Kundin aus ihrer Lage.

»Kein Problem. – Kommt Sören heute noch vorbei?«

»Äh … Ich glaub nicht, Herma. Der hat viel um die Ohren, weißt du? Wollt'st was von ihm?«

»Ich nicht. Mein Matthäus. Sören wollte ihm einen neuen Vertrag fertigmachen. Vor drei Tagen schon.«

»Oh. Wie gesagt: Er hat gut zu tun.«

»Hat ja auch noch 'n büschen Zeit. – Hübscher Spiegel. Neu?«

Während Nele erste Instandsetzungsmaßnahmen an ihrer Kundin durchführte, brummte sie zustimmend und entschloss sich, Hermas Stammplatz zukünftig vor eben diesen Spiegel zu verlagern.

»'thäus het den olen Kornspieker köfft. Heinz Struwe meinte, nach dem Feuer braucht er den nicht mehr.« Ihr bebendes Kichern zwang Neles Kamm zum plötzlichen Rückzug. »Er meinte, er trinkt Gebrannten lieber direkt aus der Buddel.«

Die Pflicht gebot, das Lachen einer Stammkundin zu erwidern. »Kiek an. Und was macht er nachher damit?« Beim Herausfummeln der Lockenwickler stellte sie zufrieden fest, dass die gröbsten Schäden auf Hermas Haupt beseitigt waren. Puh!

»Altglas. Wieso?«

»Matthäus meine ich. Was will er mit einem abgefackelten Speicher?«

Ein schnarrender Ton aus der mächtigen Trockenhaube ließ die beiden Frauen zusammenfahren und Nele schwor sich, künftigen Sonderangeboten von Sören den Zutritt zu verweigern.

»Hätte noch Zeit gehabt, nä?« Ein skeptischer Blick in den Spiegel beruhigte Herma. »Apademängs. Einer aus Hannover will Ferienwohnungen draus machen. Ganz schick, sagt 'thäus.«

Siebeneinhalb Prozent davon kassierte Sören. *Siebeneinhalb!* Und mir schleppt er Sperrmüll ins Haus.

»Er soll nur nicht zu lange warten, hat der Mann zu 'thäus gesagt. Da wären noch andere Objekte.« Nele hörte den leisen Vorwurf in ihrer Stimme.

»Ich werd heut Abend noch mit Sören schnacken. Versprochen. – Moin, Norma! Allns klor?« Norma Thodes Erscheinen bedurfte keiner Ladenklingel. »Moin, Lüüt! – Oh! Neuer Spiegel? Für da drüben? – Du! Nele! Der hat ja 'n Sprung!« Sie lachte. »Sören, wa?« Verschämtes Nicken Neles, fassungsloses Kopfschütteln gegenüber. »Ich versteh das nicht. Der macht im Moment so viel Kohle, da …«

»Hör bloß auf! Matthäus kauft den Speicher von Heinz. Und

Sören kommt nicht in die Puschen. Wenn ich so langsam wäre wie er, müsste ich meinen Kunden schon für morgens um halb vier einen Termin geben.«

»Speicher? Der abgebrannte? Drüben am Dorfteich?« Norma wandte sich an Herma. »Wer kauft denn sowas?« Die wiederholte geduldig und gern.

Die Ladeninhaberin nickte nachdenklich. »Mann, Mann, wenn das so weitergeht … übrigens, nette Frisur, Herma.« Ihr Kopf wiegte sich jetzt von einer Seite zur anderen, die Stirnfalten erzeugten dabei Wellengang. »Also, mir kann's recht sein. Die Touris *kaufen* jedenfalls. Und die Geldtypen auch.«

»Komm, Norma, lass nach! Wer hält deinen Laden denn im Winter über Wasser? Abfahrtsläufer?« Nele prustete. »Das sind wir ja wohl, die deinen Kram kaufen, oder?«

»War'n Wi-hitz, Nele!«

Das ja. *Das* war ein Witz. Alles andere nicht. Norma Thode hatte schon lange das Gefühl, festen Boden unter den Füßen zu verlieren, von einem Strudel erfasst zu werden, der sie immer tiefer hinabzog, schneller und schneller; ihr wurde duselig, sie taumelte.

Der Laden lief mehr schlecht als recht, sehr viel mehr, und sie dachte an die Angebote – schwindelerregend!

Ihr kleiner Markt war für sie keine Frage der Existenz. Thilo verdiente gut; von seinem Geld zu leben jedoch wäre das Letzte, was sie in Anspruch genommen hätte. »Schön blöd!«, war die Meinung der einen, derer, die nicht bei ihr kauften.

»Tapfer!«, hatten die anderen gerufen. »Großartig! Du bist die Letzte deiner Art! Was für eine Kämpferin! Mach so weiter!«

Insgeheim freute sie solcher Zuspruch, aber: gespaltene Zungen, ahnte sie, wenn sie einige von denen auf dem Parkplatz bei *Netto* sah.

Und so geriet sie ins Schwanken. Bis zu dem Tag, an dem ihr Friedchen Kühn tatsächlich einmal die *letzte* Leberwurst weggekauft hatte. War noch nie passiert! *Der Tag der Leberwurst* hatte sie abends fett auf den Kalender gekritzelt. Ein Menetekel. Sie stand vor ihrem persönlichen Scheideweg.

Jedem Marktbesitzer, selbst dem umsichtigsten, konnte es passieren, dass ihm Ware ausging, so auch Norma – aber, um Himmels willen! *Nicht diese* Leberwurst! Das durfte nicht sein! Am Mittwoch um halb vier hatte Friedchen Kühn das Glas – und es war nicht irgendeine Leberwurst, *Netto, Aldi, Edeka,* sie alle hatten nichts Vergleichbares im Sortiment – auf den Tresen gestellt. Und nichts gesagt! Man sagt doch mal 'n Ton als Stammkundin, oder? *Norma, is denn die letzte.* Oder so. Nur das.

Wär ja alles nicht schlimm gewesen, am nächsten Tag würde der Lieferant aus Lübeck kommen. Alles wäre wieder vorrätig.

Aber nee – ausgerechnet an diesem Tag war sie alle! Am Tag der Leberwurst.

Es ging nämlich um Eugen Stachow. Pensionierter Lehrer, Berufsschule irgendwo auf dem Festland, jetzt Gnadenbrot auf der Insel. Dünner Haarkranz, John-Lennon-Nickelbrille, Fliege. Ein Muster an Penibilität. Um nicht Erbsenzählerei zu sagen. Auf dem Gnadenbrot eine Sorte Käse ... morgens, mittags, abends, immer! ... eine Sorte Käse, eine Sorte Wurst – Leberwurst. *Die* Leberwurst. *Nur* sie. Und die gab es auf Fehmarn nur bei Norma in ihrem Kaufmannsladen (Sie wahrte genug Distanz zum Feminismus, dass sie mit dem Begriff gut leben konnte. Kauffrausladen klang auch gar nicht).

Eugen Stachow kam mittwochs um viertel vor fünf – genau gesagt an *jedem* Mittwoch, genau gesagt *Punkt* viertel vor fünf – und kaufte *seine* Leberwurst (den Käse besorgte er woanders).

Und nun gab es keine mehr, und Eugen Stachow – mochte er sein, wie er war – würde in tiefste Depression verfallen.

Das kam nicht in Frage. Norma hätte ihren Laden schon lange zugemacht, wenn sie nicht ein gerüttelt Maß an Verantwortung für ihren Kundenstamm verspürte.

Also setzte sie sich in ihren Wagen (den privaten, keinesfalls den Lieferwagen), nicht ohne sich vorher mit Kopftuch und Sonnenbrille inkognito gemacht zu haben, steuerte einen dieser Discounter an (schon diese Bezeichnung stellte ihr die Nackenhaare auf) und besorgte eine x-beliebige Leberwurst in der Pelle – etwas anderes führten sie nicht.

Wieder zu Hause, füllte sie – zum Glück hatte sie noch ein paar leere Gläser aufbewahrt – um. Der Rest war Beten.

Einen Tag später sollte Eugen Stachow – ein Lächeln auf den Lippen, was sie zum ersten Mal an ihm sah – fragen, ob die Rezeptur der Leberwurst eventuell verändert, sprich verfeinert worden wäre – sie sei einfach *grandios* gewesen, bitte ein neues Glas. Und nahm auch gleich zehn Scheiben Emmentaler mit.

Und Norma hatte verstanden.

Ihr kleiner Laden, der einzige auf der Insel, den Dorfbewohner ohne ein Fahrzeug erreichen konnten, hatte nur *eine* lebensnotwendige Funktion. Es ging nicht – nicht vorrangig – um die Waren, nicht um Brot, Margarine, Heftpflaster, Stricknadeln, Jägermeister, Frischmilch und Leberwurst. Nicht um Qualität, Gütesiegel, Zutaten, Herkunft, um Bio hin oder Bodenhaltung her. Selbst der Preis spielte eine untergeordnete Rolle. Auch ging es weniger um den Weg des Menschen zur Ware oder den der Ware zum Menschen. In erster Linie, das wurde Norma Thode am *Tag der Leberwurst* endgültig klar, ging es um den Weg vom *Menschen* zum *Menschen*.

Friedchen Kühn war nicht am Mittwoch um halb vier durch ihre Ladentür gekommen, nur, weil sie die Wurst beim regulären Einkauf vergessen hatte. Die täglichen Waren ließ sie sich – ihr Mann war vor längerer Zeit gestorben, sie bezog eine kleine Rente – aus einem Billigmarkt in der Stadt mitbringen. Da, wo es sie selbst nicht hinzog. Was sollte sie da? Sie kannte dort niemanden. Bei Norma hatte sie ein Glas Wurst gekauft, weil sie sich so gern in ihrem Kaufmannsladen aufhielt und lieber am Verkaufstresen stand und mit dem Personal (Norma) ein Pläuschchen hielt als in den Regalen nach Sonderangeboten zu stöbern (die Norma konsequenterweise gar nicht erst machte). So wie sie zu Nele Grootmaak ging, wenn ihre Haare gerade mal eine Woche Gelegenheit gehabt hatten, nachzuwachsen. (Manchmal tat sie so, als habe sie den letzten Termin vergessen, nur um bei einer Tasse Kaffee im Salon verweilen zu können.)

Friedchen wollte Menschen treffen. Menschen aus dem Dorf, die sie lange Jahre kannte, Zugezogene, die sie gern kennen lernen wollte, Heimgekehrte, mit denen sie Erinnerungen austauschte, lustige, auch wehmütige Erinnerungen, nicht immer schöne, aber ehrliche. Man kannte einander so lange, dass Lügen keinen Bestand hätten.

Sie fuhr am Sonntag nach Bannesdorf in die Kirche und lauschte an der Predigt des Pastors vorbei, denn der Tratsch mit den Nachbarn war das Einzige, woran sie fest glaubte.

Weil Eugen Stachow über ein Auto verfügte und Friedchen am Sonntag mitnahm, hätte er auch Gelegenheit, in die Stadt zu fahren, um dort zwischen konkurrierenden Märkten wählen und einkaufen zu können. Das versagte er sich.

Hermann Konietzka nahm immer nur zwei Flaschen seines geliebten Doornkaats mit, nicht, weil er vermeiden wollte, als Säufer zu gelten, nein, auf diese Weise kam er häufiger in den Laden. Dort zog es ihn hin. Er erwarb minder lebensnotwendige Artikel wie Hosenträger (tatsächlich hatte Norma auch die im Angebot) oder Shampoo. Wenn Doorni die Ware (Norma hatte die Gabe, Schnapsfläschchen nicht nur diskret, sondern auch würdevoll zu verpacken) und das Geld über den Tresen reichte, Tütchen und Restgeld in Empfang nahm, berührte ihn nicht der Vorgang an sich, sondern die Begegnung ihrer beider Hände. Es lag so viel Vertrautes in dieser Berührung, so viel Gewesenes und Gewachsenes, gemeinsam Erlebtes und gemeinsam erinnertes Leben.

Hermann sog den unaufdringlichen Duft von Normas Parfüm in die Nase, der sich so angenehm verband mit dem Geruch, der den drei aufeinander gestapelten Bonbongläsern entwich, dem Geruch nach Zitrone, Erdbeer und Pfefferminz.

Seit dem *Tag der Leberwurst* kämpfte Norma Thode mit sich und ihrem Gewissen, wog ab zwischen der unverschämt hohen Summe Geldes, die man ihr geboten hatte, und der Treue zu ihren Kunden und deren Treue zu ihr und ihrer anachronistischen Institution.

Sie könnte sich zur Ruhe setzen, Thilo morgens zur Arbeit winken, endlich ihren vernachlässigten Garten auf Vordermann bringen und *Aldis* Ladentür ohne Kopftuch und Sonnenbrille verlassen. Und ohne schlechtes Gewissen.

Aber sie wusste, sie würde den Klönschnack mit den Kunden vermissen. Das Gespräch über den Verkaufstresen war etwas anderes, nicht zu vergleichen mit dem unverbindlichen Small-talk vor einer Boutique in der Breiten Straße. Ihr kleiner Laden veränderte die Menschen, machte sie demütig. Die Altenkamper wussten, was sie an ihm und ihr hatten.

Und Norma schätzte ihre Kunden. Schätzte? Es schien ihr sogar möglich, dass sie sie liebte.

Vor ihrem geistigen Auge erschienen Friedchen Kühn und Eugen Stachow einträchtig auf dem geblümten Sofa in Friedchens bescheidener, aber sauberer Wohnung sitzend; mit einem Lächeln tranken sie einen Schluck guten Kaffees, und sie schnitt eine verschweißte Rolle Wurst auf und bestrich ihm und sich eine Vollkornstulle, und Eugen kam es ganz so vor, als sei ihm die Umgebung, die gemusterte Tapete, Friedchens weiße Rüschenbluse mit den gelben Blümchen, als sei ihm all dies unendlich vertraut.

Wie der Geschmack ihrer Leberwurst.

12

Die kleine Tigerin

»Ich weiß, wer der Herr Hitler war.« Leise wehte ihre Stimme an sein Ohr, als sie ihn unterbrach. »Großvater hat mir von ihm erzählt. Er war ein schlechter Mensch.«

Arne sah auf die Mole, die sich wie ein Seeungeheuer aus dem Wasser hob. Sie sah aber nur aus der Entfernung so bedrohlich aus. Und nur jetzt, wo der Westwind kräftige Wellen gegen ihre Flanke trieb und die steinerne Schlange in Bewegung setzte. Auf der Leeseite lag die See fast regungslos. Da gab die Schlange keinen Mucks von sich.

Sie saßen auf einer Sanddüne, die sich von der Sonne des Tages erwärmt hatte. »Das kann ich mir nicht vorstellen.« Er mochte nicht glauben, dass die Mole, auf der er so gern die Knurrhähne angelte, so gern über die rauhen, vom Algenbewuchs glitschigen Findlinge hüpfte, dass die nach einem schlechten Menschen benannt worden war.

»Es ist aber so!«, beharrte sie trotzig. »Er war schlecht und seine Angestellten genauso.«

Arne war hin und her gerissen. Er mochte Levke und schenkte ihren Worten meistens Glauben. Trotzdem. Seine Mole. Und der Herr Hitler war doch der Chef der Deutschen gewesen. Auch wenn sein alter Lehrer Zuppke ihn nicht kannte. So einer soll schlecht gewesen sein? Nico hatte ihr das erzählt? Der mit ihm die Fische unter den Steinen hervorlockte? Mit dem zusammen er sich das sonnenwarme Wasser in den kleinen Pfützen über die Zehen gleiten ließ? »Mir hat dein Opa so was nicht gesagt.«

»Herr Hitler hat dafür gesorgt, dass Großvater eingesperrt wurde. Hm … vielleicht nicht er selbst, aber seine Handlanger.«

»Handlanger? Was sind das?«

»Das sind Leute, die nichts selbst entscheiden dürfen. Die immer erst ihren Chef fragen müssen.«

»Solche wie dein Opa?«

»Großvater ist kein Handlanger!«, fauchte sie. Wie eine kleine Tigerin, dachte Arne. Wie die vorn auf dem »Was-ist-was?«-Sammelband über Raubkatzen. So kam ihm Levke im Moment vor – wie eine Raubkatze. Das hielt ihn davon ab, weiter zu sticheln. Eigentlich tat ihm sowieso leid, was er gesagt hatte – sein Freund Nico war sicher kein Handlanger. Auch wenn er Knecht war. Der bestimmte selbst, was er machte und was er im Sommer anzog. Das konnte Arne kaum von sich behaupten. Seine Mutter war nicht begeistert, wenn er halbnackt über die Mole hüpfte. Sie hatte Angst, dass er sich eine Lungenentzündung holte. Wenn der Wind stärker wurde und man in der Sonne nicht merkte, wie kalt er sein konnte. Nico hingegen bestimmte selbst, wann er eine Lungenentzündung bekam. Er meinte, wenn man abgehärtet war, passierte so was auch nicht.

»Warum denn eingesperrt? Hat er geklaut?« Schon war es raus und Arne wollte sich auf die Zunge beißen.

»Quatsch!« Ihre Augen funkelten ihn so böse an, wie es kindliche Augen nur vermochten. »Warum soll er wohl klauen? So was macht er nicht.«

»Nein. Aber warum denn?«

Levke überlegte und hob die Schultern. »Ich weiß es nicht. Er hat irgendwas getan, was dem Herrn Hitler nicht gefallen hat.« Leise fuhr sie fort: »Oder anderen Leuten.«

Arne nickte. Wenn der ein schlechter Mensch gewesen war, konnte er Nico einfach so wegsperren. Das taten solche Leute. Arne war froh, dass der Herr Hitler nicht mehr lebte. So einen brauchte kein Mensch. Aber …

»Ich versteh nur nicht, warum man die Mole nach ihm benannt hat. Vielleicht … bestimmt hat er das nicht gewusst. Dass seine Leute Nico eingesperrt haben. Gibt's ja manchmal, dass der Chef keine Ahnung hat. – Nach Harry Lüders ist eine Straße benannt worden. Und der war kein böser Mann.«

»Wer ist Harry Lüders?«

»Na, der war doch der Bürgermeister von Altenkamp. Der Opa von Hajo. Ist schon lange her.«

»Vielleicht hat der Herrn Hitler *nicht* geärgert.«

»Das kann angehen. Die Straße haben sie aber erst nach dem Tod von Herrn Hitler Harry-Lüders-Straße genannt.«

Levke nickte. »Vielleicht kriegt Großvater irgendwann auch eine Straße. Ich hoffe es. Wenn keine mehr frei ist, können sie doch eine bauen.«

»Vater wünscht sich eine rüber zu den Äckern am Westersoll. 'ne feste. Nicht so 'n Feldweg.«

»Da, wo die Frösche immer quaken? Das würde Opa aber nicht gefallen, da eine Straße zu haben.«

»Er kriegt die Straße erst, wenn er tot ist, Levke.«

»Ja?«

»Klar. Das wird immer so gemacht. Vorher nicht. Und dann kann's ihm egal sein, wenn an seiner Straße Frösche quaken. Das machen die ja auch nicht das ganze Jahr. Meistens ist es da ruhig.«

»Weißt du, was Sören und Leif mit den Fröschen machen?«

»Ja. Die blasen sie auf.«

»Bis sie platzen, haben sie gesagt. Ich finde das schlimm. «

»Sind doch nur Frösche.«

»Die wollen doch auch leben, Arne.«

»Gibt doch so viele davon.« Arne lachte. »Du musst auch nicht alles glauben, was Leif und Sören erzählen. Frösche platzen doch nicht. Nur, wenn sie überfahren werden. Dann sind sie platt.«

»Das ist genauso ekelhaft. Es sind Geschöpfe von Gott. Wie du und ich.«

»Vielleicht ist dein Opa nachher froh, wenn es an seiner Straße nicht so viel Radau gibt.«

»Arne!« Sie boxte ihn in die Seite, was er mit einem Kichern quittierte.

»Gab es da, wo du herkommst, auch Frösche?«, fragte er nach einer Weile.

»Das weiß ich doch nicht. Ich war zu klein.«

»Dein Opa erzählt nicht viel.«

»Findest du? Er hat doch gesagt, dass wir aus Hessen kommen. Und dass meine Mama kurz nach meiner Geburt gestorben ist. Und mein Papa vorher schon abgehauen ist.«

»Aber deine Mutter hat Freya geheißen, sagt Nico. Und du heißt Levke. Levke Petersen. Mein Vater sagt, dass die Leute in Hessen eigentlich nicht so heißen.«

»Ich weiß. Ich habe keine Ahnung.«

»Ist auch nicht so wichtig. Auf jeden Fall freue ich mich, dass du da bist. Du bist echt in Ordnung. Für ein Mädchen bist du wirklich in Ordnung.«

»Danke. Das freut mich, Arne.«

»Kuck mal.« Er zeigte auf das Molenende. »Ein Kormoran. Ganz allein. Holt sich bestimmt einen Knurrhahn.« Er stand von der Düne auf und winkte mit wilden Armbewegungen. »Hey! Lass das! Das sind meine!«

»Du kannst doch nicht alle Fische für dich haben! Du musst ein paar abgeben«, lachte Levke.

»Ha! Meinst du denn, der Kormoran würde *mir* welche abgeben?«

»O ja! Ein Tier frisst nur so viel, wie es zum Leben braucht. Tiere teilen mit anderen.«

»Dann soll der Kormoran doch die Frösche vom Westersoll fressen und mir die Knurrhähne lassen.« Wieder winkte Arne dem Vogel zu und rief: »Oder greif dir ein paar Aale und teil sie mit Fritz Lüders!«

»Warum das?« Levke sah ihn verständnislos an.

»Na, Hajos Vater räuchert doch Fische und verkauft sie im *Kroog*. Aale, Heringe, Makrelen. Schmecken toll.« Leise sagte er: »Kein Wort zu Mutter, aber die mag ich lieber als Knurrhahn.«

Levke lächelte. »Du darfst ihr nichts verraten, aber mein Fall sind Knurrhähne auch nicht. – Aber ich sehe hier am Brink nie ein Fischerboot.«

»Sind nur noch drei.« Er lachte. »Die anderen haben die *Beltpiraten* geentert und versenkt. – Nein, die Fischer haben hier keinen Hafen, der ihre Boote bei Sturm schützt. Deshalb liegen sie *vor* der Hitler-Mole. Die bricht die See nach Osten hin, damit sie nicht zu kabbelig wird. – Fritz Lüders kriegt seine Fische aus Burgstaaken. Da gibt's noch viele Fischer.«

»Hoffentlich fangen die nicht alles leer.«

»Ach, Levke! Hast du mal gesehen, wie voll ihre Netze sind? Millionen Fische, ich schwör's dir.«

Levke nickte und fragte nach einer Weile: »Arne? Meinst du ... glaubst du, es gibt Menschen, die ... äääh ... die auch Menschen räuchern?«

Der Junge sah sie erschreckt an. Für einen Moment dachte er, nicht nur ihr Großvater sei manchmal so seltsam. So *verschroben*, wie die Leute sagten. Er war rücksichtsvoll genug, sie seine Verwunderung nicht sofort spüren zu lassen und antwortete lachend: »Na, klar! Kannibalen zum Beispiel. Die essen Menschen gern geräuchert. Auf einer Scheibe Toast. Mit Senf. – Sag mal: Wie kommst du denn auf sowas?«

»Ach, ich hab das glaub ich mal gelesen«, sagte sie kleinlaut. Aber dann wurde ihr klar, dass ihr Freund sie für meschugge halten könnte und stellte richtig: »Aber nicht, dass sie gegessen werden. Das nicht.«

Arne sah sie an und schüttelte den Kopf. »Das nicht.« Er hielt Levke für plemplem und hoffte, das würde sich wieder geben.

Levke zog ihre Jacke enger um ihre Schultern. »Mir ist kalt, Arne. Es wird auch bald dunkel. Wir müssen nach Hause.«

»Ja. Weißt du, was mich wundert? Dass du immer so schnell frierst und dein Opa überhaupt nicht.«

»Ich glaube, Mädchen frieren eben schneller.«

»Vor allem so dünne Heringe wie du, was?«

»Sei nicht frech, Bruder!«

»Schau mal. Die Sonne.«

Glutrot versank sie hinter dem Deich, und Levke dachte daran, dass sie vor zwei Tagen dort oben unter dem Schleusenhaus gesessen, dieselbe Sonne gesehen und geweint hatte.

Heute, mit Arne an der Seite, fühlte sie sich besser. Vielleicht sollte sie nicht so viel allein sein. Nicht immer an Großvater denken. An das, was er ihrer Mutter verraten wollte und sie damit traurig gemacht hätte.

Kinder sollten nicht die Briefe von Erwachsenen lesen, vor allem die nicht, in denen solche schlimmen Sachen standen. Es war schrecklich genug, wenn man als Kind schon so klug war, den

Inhalt solcher Briefe verstehen zu können. Nicht alles, wie sie gerade erfahren musste, aber doch einiges.

Von diesem Brief durfte sie Arne nichts erzählen. Auch wenn er ein sehr lieber Junge war. Ihr Bruder und Freund.

13

Das Wiedersehen

Es hatte eine bescheidene Anzeige im *Fehmarnschen Tageblatt* gegeben, das war's. *Mehr deit nich Not.*

Wenke Johnsen und Malte Nissen geben sich das Ja-Wort. Alle, die sich mit ihnen freuen, sind herzlich eingeladen. Datum, Uhrzeit. Zweispaltig, fünfundzwanzig hoch. Die Feier würde teuer genug.

Standesamtliche Trauung. Pastor Ullrich wurde zum Fest eingeladen, dafür verzichtete man auf einen Gegenbesuch. *Kark mütt nich sien.* Altenkamper waren wie die meisten Fehmaraner wetter-, trink-, aber nicht sonderlich glaubensfest.

Die Braut in Weiß, kniekurzer Rock. Er: rote Nelke im Knopfloch, sonst hellgrau, blaue Krawatte. Malte gehörte zur Generation, die den Guten Schwarzen nur zu Beerdigungen trugen.

Fünf-Gänge-Menü, halbtrockener Burgunder. Hajo Lüders bekam dreiköpfige Verstärkung aus der *Aalklause.* Normalerweise erbitterte Konkurrenz, bei solchen Anlässen half man einander.

Gestecke mit gelben Nelken und passenden Kerzen.

Als die Bäuche voll und die *Verteiler,* Aquavit und Köm, mit eisiger Schärfe durch die Reihen gefegt waren, begann das Möbelrücken zwecks Antanzen.

Hinter verschwitzten Hemden und Blusen wurden gigantische Torten auf Tische gewuchtet, die sich ächzend bogen, ein Tusch von der Kapelle, das glückliche Paar schnitt an. Kuchenstücke unter dreihundert Gramm galten auf dem Land als Kekse.

Als die Tortenplatten geleert waren, wurde wieder das Tanzbein geschwungen, anschließend Reden. Hipp, hipp, hurra und alles Gute. Pastor Ullrich jubelte ihnen, leicht verschnupft, den Spruch vom lieben Herrgott unter, der zusammengefügt hat, *wat de Minsch nich wedder uteenanner rieten schull.*

Sowieso. Versprochen, Herr Pastor.

Der Hochzeitstanz bei geräumtem Parkett. Malte klemmte die Braut unter den Arm wie sein Surfbrett am Brink. Wenkes glucksendes Lachen verhieß ein hoffnungsvolles Miteinander ohne den Segen des Herrn, nicht nur über die ersten Wellen.

»Doorni« Konietzka löste den obersten Knopf der blauroten Uniform und prostete ihnen mit dem mitgebrachten Minifläschchen zu, das er bis zum Grund leerte. Derart gestärkt und mit unruhigen Waden wartete er, bis das Brautpaar die tanzwilligen Gäste auf das Parkett winkte.

Konietzka galt als ein begehrter Tanzpartner. Bei Damenwahl war er immer eines der ersten glücklichen Opfer. Er nickte Maike Hinrichs einen auffordernden Diener entgegen, und sie fuhr aus dem Stuhl, dass der ins Kippen geriet.

»Junge, Junge!«, rief ihr Vater Ole und hielt den Stuhl gerade noch fest. »Doorni, du! Reißt die Weiber im Dutzend auf.«

»Is eben 'n ganz 'n Netter«, rief Norma Thode über den Tisch. »De is eenfach *old school*.«

»Schule? Du meinst, Doorni ging mal zur Schule?«

»Wat büst du für'n arroganten Mors, Ole Hinrichs«, fauchte Nele Grootmaak. »Wenn ich mich recht erinnere, haben sie dir auch kein'n Doktor an die Brust geheftet. Na de Klippschool weerst du doch ook wech.«

»Hat mir gereicht«, lachte Hinrichs.

»Doorni hatte nicht viel Zeit, die Schulbank zu drücken«, entgegnete Nele. »Der musste auf'm Hof ran. Aber dumm ist er nicht.«

»Ging vielen so«, warf Norma ein. »Damals haben sie noch den ganzen Tag lang gebuckelt. Nicht so wie heute, wo sie Haus und Hof an die Touris verhökern und sich 'n faulen Lenz machen.«

Hinrichs überging die Spitze. »Erspart e ihnen jedenfalls Gestalten wie Max Klopffinger selig.«

»*Ole Hinrichs!!* Sieben mal zwölf? … Sechs … fünf … vier … drei …«, zählte Heinz Struwe. Bei jeder Zahl plumpste ein Finger aus schwebender Hand auf die Tischplatte herunter, im Sekunden-Takt, angefangen beim Daumen.

»Äh … äh …«, stotterte Hinrichs kichernd.

»… zwei …« Struwe ließ den kleinen Finger nieder. »Bei eins warst du fällig.«

»Ich hab mich immer gefragt, ob ihm wohl irgendwann ein sechster Finger wachsen würde.« Lachend schüttelte Hinrichs den Kopf.

»Und?«, rief Struwe. »Lösung?«

Hinrichs hob die Schultern. »Wie war die Frage?«

»Zu spät! – Und dann kam's.« Er beugte sich über den Tisch, fuhr Zeige- und Mittelfinger gekrümmt aus, klemmte die Wange des faulen Schülers Hinrichs dazwischen und drehte sie kräftig.

»Au! Bist du verrückt?«

»Hast du verdient«, lachte Norma Thode. »Hast du schon damals verdient!«

Ole Hinrichs rieb unter dem Gelächter der Runde seine gerötete Wange. Nach kurzer Zeit fiel er in das Lachen ein. »Vierundachtzig. – Tja, Zuppkes Methoden mögen grausam gewesen sein, awer reken kunnst du achteran.«

Zumal auch die bevorzugten Opfer, die glaubten, sich mit Tricks gegen die Folter wappnen zu können, einsehen mussten, dass nichts half. Die von innen gegen die Wange gestemmte Zunge, der mit gepresster Luft gefüllte Rachenraum, all diese Kniffe, die die Haut glatt und ungriffig machen sollten – Zuppke sagte nur: »Hüte deine Zunge, Bürschchen!« – immerhin mit einem Hauch von Schmunzeln.

Alle Beteiligten waren sich einig, dass ein Mensch, ein Lehrer zudem, mit »so gütigen Augen« (Norma Thode), dass so ein Mensch »diese Augen zu solch hinterhältiger Aufmerksamkeit zweckentfremden« (Nele Grootmaak) konnte.

Er hatte alles gemerkt. Alles! Jedes Missverhalten registriert, kein Zettelspicken entging ihm. Er weckte jeden müden Schüler, bevor der noch die Chance auf einen Sekundenschlaf bekam.

Der Alte brachte sie alle zur Räson.

Gemessen an damaligen Maßstäben war er nicht über Gebühr gewalttätig, jeder Ohrfeige ging eine wohldosierte Güterabwägung voraus – eventuell hätte es bei diesem oder jenem Vergehen der *Backenkneifer* getan. Max »Klopffinger« Zuppke führte seinen Strafenkatalog mit derselben Gewissenhaftigkeit wie die mathematischen Tabellen, mit denen er die Antworten der Schüler verglich.

Eine Dorfschule, in der vierzig oder mehr Mädchen und Jungen verschiedenen Alters und unterschiedlicher Herkunft in einem Raum hockten, unterschied nicht zwischen Fachlehrern, es gab den einen, der die ganze Bandbreite an Lehrstoff vermittelte, der die Ämter vom Oberstudiendirektor bis zum Sportlehrer bekleidete, sich nach dem Unterricht zudem als Hausmeister betätigte. Das musste reichen.

Kein Kultusminister erteilte ihm den Erziehungsauftrag, das machte er selbst. Und dieser Auftrag lautete, auf eine kurze Formel gebracht: Bimsen, dass die Schwarte kracht!

Und so stand er vor ihnen – der Mann, der in diesem muffigen Raum gottgleich das Zepter schwang, und wenn es ihn nicht auf der Stelle hielt, wenn er den Holzfußboden, der nach ausgelaufenem Heizöl roch, zum Knarren brachte, wussten die, die da vor ihm saßen und versuchten, sich klein zu machen: Jetzt kommt er! Nun hat die Stunde geschlagen!

Und wer von den kleinen Halunken da vorn ihm auch nur ansatzweise den Respekt versagte – *Backenkneifer*. Mindestens.

»Obwohl«, sinnierte Heinz Struwe, »genau das kann man ihm heute nicht absprechen – Respekt. Der Mann hatte einen Wissensschatz, unfassbar! Und nicht nur das. Fragt heute mal einen Französischlehrer, was Schraubenzieher in der Übersetzung heißt. Das weiß er, aber nicht, was man damit macht.«

»Mein Bruder«, lachte Ole Hinrichs, »durfte bei ihm zu Hause zusammen mit unserem Vater die Sportschau sehen. Max wohnte damals noch in Altenkamp und war einer der ersten, die einen Fernseher besaßen. Er selbst saß direkt daneben und löste bei dem ganzen Lärm Kreuzworträtsel. Links und rechts von ihm Berge von Lexika.«

»Und vergesst nicht«, sagte Norma Thode, »was er uns damals schon beigebracht hat über Natur und Umwelt – Jahre, bevor die Grünen auftauchten.«

»Das einzige, was er lange nicht gewusst hat, was sie *alle* nicht gewusst haben«, überlegte Nele, »war, was vorher in ihrem Land passierte. Drittes Reich – was war *das* denn? Nie gehört. Alexander den Großen kenn ich – aber wer war Adolf Hitler? Ein Herr Heydrich? Hier auf der Insel? Wo kann dat angahn?«

»Ich kann mich noch gut an den Tag erinnern, als Arne es aus ihm rausgekitzelt hat«, ergänzte Norma.

Nele Grootmaak, gelernte Friseurin, war eine der wenigen, die sich früh schlau gemacht hatten. Sie hatte nie verraten, wo und bei wem. Auf der Schule jedenfalls nicht.

Insel der Glückseligkeit. Keiner von den Bonzen in Berlin habe sich damals für das kleine Eiland in der Ostsee interessiert. So die Meinung, die auf Fehmarn vorherrschte und die auch Heinz Struwe vertrat. »Existierte für die große Politik einfach nicht. Anders als heute.«

»Nee, nee, Heinz!« Nele wedelte mit dem Zeigefinger. »Auch für die Nazis hatte Fehmarn eine große Bedeutung.«

»Quatsch. Nur weil Heydrich zufällig eine Hiesige geheiratet hat, heißt das nicht …«

»… heißt das doch! Seine Frau hat das *Imbria Parva* bauen lassen, das pompöse Anwesen in Burgtiefe, in dem die Nazigrößen sich trafen und Heiko Wimpert hat Heydrich geholfen, die Villa zu finden, in der später die Wannsee-Konferenz stattfand …«

»Heiko Wimpert? Der Museumsleiter aus der Stadt?«, staunte Norma Thode.

Nele nickte.

»Woher weißt du das denn?«

Achselzucken. »Der hat auch in Katharinenhof ein Grundstück aufgekauft, auf dem Heydrich ein Ferienlager für die Waffen-SS bauen wollte.«

»Das sind doch alles Gerüchte«, sagte Ole Hinrichs. »Genau weiß das keiner. Viel zu lange her.«

»Und du siehst doch am Grünen Brink, Nele,« ergänzte Heinz Struwe, »dass die Nazis hier kaum was zu melden hatten.«

»Wie meinst du das?«

»Sie wollten wahrscheinlich einen riesigen Fährhafen bauen. Und was ist von den großen Plänen geblieben? Diese alberne

Mole, die später Adsches Namen trug. Da ist ihnen jemand mit dem Naturschutzgebiet zuvorgekommen.«

Es entbrannte ein Streit darüber, was die Politik zu jener Zeit wirklich davon abgehalten hatte, für eine schnelle Beltquerung zu sorgen. Vergleiche zur gegenwärtigen Situation wurden von den Tunnelbefürwortern vehement bestritten. Als wenn die Nazis ausgerechnet der Natur gegenüber hatten Rücksicht walten lassen!

Die einzige Person, die, was zu diesem Zeitpunkt niemand ahnte, hätte Licht in dieses Dunkel bringen können, saß mit ihrem Sohn und ihrer neuen Schwiegertochter an einem Nebentisch.

»Ich freue mich so sehr für euch beide«, sagte Levke Nissen. »Vor allem, dass alte Bande neu geknüpft werden. Johnsen und Petersen.«

»Wie heißt das auf Fehmarn?«, kicherte Wenke, »*Inzest ist okay, solange es in der Familie bleibt.* – Ich freue mich auch, dass du es geschafft hast zu kommen.«

Levke nickte. »Seit Opas Beerdigung war ich nicht mehr hier. Hätte ich gewusst, dass ich die Insel so sehr vermisst habe, wäre ich öfter … aber es ging nicht. Tut mir leid.«

»Es ist wegen Leif, stimmt's, Mama?«

Levke Nissen schüttelte den Kopf. »Nein, Malte. Das gewiss nicht. Auch wenn dein Vater mir das nicht abnimmt.«

»Aber deshalb ist er nicht mitgekommen. Richtig?«

Sie lächelte. »Mag sein. Ich habe ihm gesagt, dass es um dich geht, aber … du kennst seine Sturheit.«

»Hast du gewusst, dass sich Leifs Frau das Leben genommen hat?«

»Es war ein Schock für mich. Ich habe es damals von Nele erfahren. – Malte, wenn du mit deiner Frage meinst, dass ich … ich sagte doch, Leif hat nichts damit zu tun.«

»Nein, Mama, das war nicht meine Absicht. Ich habe nur gedacht, es wäre besser … du wirst Leif ja nun sicher treffen und solltest vorbereitet sein.«

Levke richtete den Blick an ihren Sohn vorbei. »Ich hoffe doch, dass sie mich treffen will«, hörte Malte hinter sich sagen.

14

Lüneburger Heide

Alles duftet nach Gras. Auch die Nelken die Grasnelken riechen nach Gras. Und nach Nelken.

Levke sagt wenn wir jetzt nicht schon Frühling hätten sollte Frühling so riechen. Ich meine wenn man im Herbst schnuppert als Beispiel. Oder im Winter. Im Winter riecht das Gras nach nichts. Nur nach Schnee.

Es macht Spaß im Frühling im Grünbrink zu spielen. Wir spielen biss wir schwitzen und laufen dann ins Wasser biss wir nass werden. Wir müssen weit reinlaufen weil zuerst sind Sandbänke dann Ostsee. Dann sind wir bald in dem Schiff und Piraten.

Arne läuft mit Niko gerne die Steinmole längs. Sie fangen Knurhenne. Weil die sollen gut schmecken meint Arne. Ich hab die noch nicht probiert. Die sind mir zu hart und haben Stachel. Ich esse lieber weiches. So Zuckerwatte als Beispiel.

Auf dem Johannimarkt fahr ich gern Kättenkarusel. Hajo fährt hinter mir und hält sich an meiner Kätte … au!!

Während Sören seinen Aufsatz *Meine Ferien am Grünen Brink* verlas, näherte sich die unbarmherzige Hand des Lehrers, um seine Wange in *die Zange* zu nehmen.

Sören fühlte sich doppelt bestraft, denn er hatte schon auf die letzte Seite seiner schriftlichen Arbeit geschielt und die mit dickem roten Schreiber vermerkte Note gesehen. *Fünf!*

»Kommata!«, brüllte Lehrer Zuppke, »was habe ich euch über Kommata gesagt? Was?« Er riss Sörens Heft an sich und schlug mit dem Handrücken auf den Text, dann das ganze Heft zusammengerollt auf seinen Kopf. »Zumindest das solltest du inzwischen gelernt haben, wenn du sonst schon keine Ahnung hast! Du Pfeife!«

»Wieso?«, jammerte Sören. »Ich hab doch gar keine Kommas gemacht!«

»Genau deshalb, du Rindvieh!!« Zügig kam Zuppkes Galle auf Betriebstemperatur. »So, so, Grasnelken riechen also nach Gras *und* nach Nelken! Tatsächlich!! Und hier – was sind *Knurhenne?* Du Tölpel!« Zuppke ließ ihn wahrscheinlich nur am Leben, weil der Schüler Dettmann beim Kopfrechnen im gehobenen Mittelfeld rangierte. »Für solche Aufsätze erfand man die Note Sechs!«

Sören wagte nicht, den Lehrer auf den offenkundigen Widerspruch von schriftlicher und mündlicher Benotung hinzuweisen. Er wusste, ihm wäre zur Abwechslung eine Backpfeife sicher.

Um seinem Blutdruck wieder in den Normalzustand zu verhelfen, zeigte Zuppke auf Arne Johnsen, der vor Sören saß. »Nimm dir ein Beispiel an diesem jungen Mann«, sagte er mit deutlich verminderter Lautstärke. »Dein Aufsatz ist recht ordentlich, Arne, keine große Dichtkunst, aber recht ordentlich. Steh mal auf und lies ihn uns vor!«

Da Zuppke seine Schüler immer im Stehen vortragen ließ, hielten sie ihre Abfassungen tunlichst kurz, denn jedes zusätzliche Wort ging gehörig in die Beine.

Zum Glück deckte sich diese Arbeitsweise mit den Vorstellungen ihres Lehrers – *in der Kürze liegt die Würze* – von einem gelungenen Aufsatz.

Atemlos lauschten die Schüler dem jungen Johnsen, der das Thema als ganz selbstverständlich behandelte, ergreifend und fantasievoll erzählte.

Denn natürlich war den Kindern aufgegangen, dass sie vor eine ungewöhnlichere Aufgabe gestellt worden waren als Schüler anderer Lehranstalten.

Meine Ferien am Grünen Brink – alle Kinder Altenkamps wohnten am Grünen Brink, vielmehr gegenüber, auf der anderen Seite, hinter dem Deich. Warum dort Ferien?

Zuppke selbst fuhr jeden Tag mit seinem Auto von der Stadt ins Dorf und wieder zurück. Aber es war nicht anzunehmen, dass er das Aufsatzthema aus Gehässigkeit gewählt hatte. Eher aus Gedankenlosigkeit. Aber treffend.

Während Kinder anderenorts im Urlaub mit ihren Eltern nach Italien, Spanien gar oder jedenfalls nach Bayern oder an die

Nordsee reisten, konnten sich dies zu jener Zeit in Altenkamp und anderswo auf Fehmarn die wenigsten leisten.

Liebhaber der Insel nahmen hunderte von Kilometern Anreise in Kauf, um an diesem schönen Fleckchen Erde zu kampieren, das die Altenkamper Kinder in wenigen Minuten zu Fuß erreichten. Aber welches Mädchen, welcher Junge im zarten Alter von elf, zwölf Jahren war schon versessen darauf, die Schulferien direkt vor der Haustür zu verbringen?

Soviel Freude der Brink ihnen zu sonstigen Zeiten machte, alle diese Inselkinder verfügten über ein angeborenes Fernweh, das sie auf die andere Seite des Fehmarnsunds lockte. Oder über den Belt. Bei klarem Wetter sahen sie die Küste Dänemarks, und trotzdem schien sie ihnen unerreichbar. Einmal nach Kopenhagen, in die Stadt, von der sie eine Menge gehört hatten, besonders vom Tivoli. *Einmal!* Leider unmöglich.

Arne nun berichtete seinen Mitschülern, dass er mit den Eltern und seinem Bruder Leif einmal – das sei ein paar Jahre her – eine lange Anreise zum Grünen Brink hatte, obwohl sie, wie gesagt, nur einige Meter entfernt wohnten. Und das, erzählte der Junge, kam so:

Sein Onkel Peer aus Petersdorf las, um den Jungs eine Freude zu machen und ihnen einen unvergesslichen Urlaubstag zu bescheren, frühmorgens die ganze Familie vor der Haustür auf. Das war nun nichts Ungewöhnliches. Die Besonderheit bestand in der Wahl des Verkehrsmittels. Onkel Peer nämlich fuhr kein Auto, denn er war dem Alkohol leider sehr zugetan und hatte den Führerschein schon vor Jahren abgeben müssen.

Und so war er buchstäblich umgesattelt, ritt nun auf seinem alten Pferd Hoppy durch die Straßen Petersdorfs. Für längere Wegstrecken spannte er den Hengst vor eine Kutsche, stellte ihm die Stute Olivia zur Seite, und gemeinsam unternahmen sie bedächtige Touren über die Insel. Auf diese Weise musste er auch dem Schnaps nicht entsagen; für Droschken gab es schon damals keine Promillegrenze.

Von Altenkamp aus fuhr man entlang dem Deich gen Westen, von da Richtung Süden, als die Insel auch dort zu Ende war, strebten Hoppy, Olivia, Onkel Peer und die Familie Johnsen dem Osten Fehmarns entgegen und vollzogen dort eine konsequente Wende in die nördliche Richtung.

Die Straßen, auf denen sie fuhren, waren nicht für ihr gemächliches Tempo gemacht. Viele Autofahrer, die es eilig hatten oder es einfach liebten, wenn die Tachonadel weit ausschlug, hupten ungeduldig und unternahmen waghalsige Überholmanöver. Andere hingegen, besonders auf der Gegenseite der Strecke, drosselten ihre Geschwindigkeit, kurbelten ihr Fenster herunter und winkten lachend. Ihr Hupen klang fröhlich.

Wieder in Altenkamp angekommen – inzwischen waren viele Stunden ins Land gegangen – zog das emsige Gespann die Kutsche samt Inhalt über den Deich. Als Höhepunkt des Tages breitete Onkel Peer eine große Decke auf der Grasfläche in der Nähe des Niobe-Denkmals aus und platzierte einen vollgepackten Picknickkorb darauf.

Vater Reimer, Mutter Frieda, Leif, Arne und Onkel Peer – sie alle saßen inmitten der gelb und lila blühenden Pflänzchen und labten sich an Käse, Wurst, knackigem Brot, Wein (Onkel Peer trank Hochprozentiges, Hoppy und Olivia kannten den Heimweg) und genossen einen wundervollen Sonnenuntergang.

Als Arne das Heft sinken ließ, beteuerte er der staunend lauschenden Schülerschar und ohne sich selbst zu schonen, dass er einige Jahre gebraucht hätte, die Worte seines Onkels, man sei in der *Lüneburger Heide* gelandet, als kleinen, trunkenen Schwindel zu entlarven.

Auch Leif staunte. Er konnte sich beim besten Willen nicht an diese Begebenheit erinnern. Wahrscheinlich war er noch zu klein gewesen. Wobei – er war der ältere der Brüder …

Lehrer Max Zuppke allerdings, der Arnes Arbeit mit der Gesamtnote Gut bewertete, an den Rand die Bemerkung *sehr fantasievoll* schrieb, er wusste nämlich noch, dass der treue Hengst Hoppy an Altersschwäche gestorben war, bevor Arne das Licht der Welt erblickt hatte.

15

Tausend und eine Nacht

»Leif!«, lächelte Levke.

Er beugte sich herunter und drückte ihr einen Kuss auf die Wange. »Hallo, Schwester.«

Malte hatte das Gefühl, er benutze die Floskel, um von ihren gewesenen engeren Banden abzulenken. Oder ihrer Trennung etwas Endgültiges, nie Wiederkehrendes zu verleihen. Sie waren ein Paar gewesen, damals, kurz vor dem Abi und noch bis in die ersten Semester des Studiums, wonach sich ihre Wege trennten.

Es hatte sich einfach so ergeben. Sie hatten lange Jahre auf Tuchfühlung gelebt, ohne zu wissen, was sie füreinander empfanden. Dann kam Klaus Lage und mit ihm *machte es Zoom …*

Vorher hatte es Leif als selbstverständlich erachtet, dass sein Bruder bei ihr an erster Stelle stand; sein Verhältnis zu Levke war wesentlich vertrauter gewesen als seines.

»Hallo, Bruder.« Sie spielte das Spiel mit, obwohl jeder im Dorf von ihrem Tête-à-Tête gewusst hatte. Ein Geheimnis hatten sie auch nie daraus gemacht. Als Leif nach Hamburg an die Universität ging, um Bauingenieurwesen zu studieren, trennten sich ihre Wege.

»Worauf sollte ich vorbereitet sein?« Er sah zu Malte. Der sah stumm zurück.

Statt seiner antwortete Levke: »Er hat mich gefragt, ob ich von Jyttes Tod gehört habe. Es tut mir unendlich leid.«

»Danke«, sagte Leif.

»Stimmt es, dass sie sich selbst …«

Er fiel ihr ins Wort. »Das ist richtig. Sie hat den Tod von Palle nie verwinden können.«

Levke nickte und tastete vorsichtig weiter. »Es muss fürchterlich für euch gewesen sein. Erfahren zu müssen, dass euer Kind auf diese Weise umgekommen ist.«

»Das war es. Trotzdem hätte ich nie geahnt, dass Jytte sich ein Jahr später das Leben nimmt. Sie war ein so lebenslustiger Mensch. Wir haben oft drüber gesprochen, es noch einmal zu versuchen. Sie war nicht zu alt für ein zweites Kind. Aber Jytte wollte das nicht. Sie hatte Angst, das zweite auch noch zu verlieren.«

»Vielleicht … hat sie dir irgendwann einmal Vorwürfe gemacht?« Sofort bereute sie die Frage.

»Vorwürfe?« Wie Levke es geahnt hatte, brauste Leif auf. »Jetzt fang du bitte nicht so an wie die anderen. Das ist lächerlich!«

»Mama!« Malte sah sie erbost an. »Du tust so, als hätte Leif irgendetwas mit dem Unglück zu tun. Der Bus hatte einfach Feuer gefangen. Das hatte gar nichts mit dem Tunnel zu tun.«

»Natürlich, ich weiß. Aber wenn es nicht in einem Tunnel passiert wäre …«

»… hätte man das Feuer schneller löschen können. Levke, das habe ich so oft gehört. Und jedes Mal habe ich geantwortet: Im Gegenteil! In einem Tunnel gibt es normalerweise eine Menge Brandschutzvorrichtungen. Und sie werden ständig verbessert. Das Unglück der Schüler war es damals, dass die Computersteuerung versagte und die Kontrolleure es nicht rechtzeitig gemerkt hatten. Und deshalb, Levke: Der Vorwurf, der ja indirekt mir gilt, bestärkt mich nur, den Belttunnel zu einem der sichersten Verkehrswege der Welt, wenn nicht *dem* sichersten zu machen. Außerdem: Als mein Sohn auf dieser Klassenfahrt starb, hatte ich schon viele Jahre in diesem Metier gearbeitet. Das hatte keinen Einfluss darauf.«

»Warum aber, Leif, warum muss es hier sein?«, fragte Wenke. »Warum hier auf Fehmarn? Warum gerade zwischen deiner alten und deiner neuen Heimat?«

»Ein Zufall«, entgegnete er, »so viele Tunnel werden im Moment nicht gebaut. Ein glücklicher Zufall obendrein. So kann ich meine reizende kleine Nichte ab und zu mal sehen.« Er lächelte. »Mit dem Schiff dauert es elendig lange.«

»Wenn du nicht so ein netter Onkel wärest, könnte ich leichter auf dich schimpfen«, schmollte sie zurück.

Er warf ihr eine Kusshand zu. »Im Ernst, Wenke, der Belttunnel ist eine große Herausforderung, die ich einfach meistern möchte. Ein Absenktunnel ist etwas Neues, ja. Und vielleicht, nein, *sicher* wird es Probleme geben und ich meine jetzt die reine Bauphase. Dieses politische und juristische Geplänkel nervt, aber die Zeit spielt für mich. Es ist ein Staatsvertrag, der geschlossen worden ist, und es kann nicht sein, dass ein paar blaue Kreuze im Garten diese Vereinbarung zwischen zwei souveränen Staaten kippen.«

»Aber in allen Umfragen wird mehrheitlich gegen die feste …«

»Ja, die Umfragen«, lachte Leif. »Umfragen, die wie so oft suggestiven Charakter haben. *Ich frage Sie: Möchten Sie einen Tunnel, wenn am anderen Ende ein Atommüllendlager lauert?* Lächerlich! *Möchten Sie lieber leben oder tot sein?* Repräsentativ nennen die Aktivisten diese Umfrage auch noch. Wie viele hat man befragt? Sechshundert, habe ich gehört? Und dann wird dreist auf neunzigtausend mittelbar Betroffene hochgerechnet! Alle Achtung! Wirklich *äußerst* repräsentativ!«

»Lass doch die Zahlenklauberei! Wenn Tunnelbefürworter, Leif, so aus dem Bauch heraus mit mir um die Pros und Kontras streiten wollen – gern! Solche Diskussionen sind, das gebe ich zu, mehr von Emotionen als von Sachkenntnissen geleitet. Aber du! Du als Fachmann! Du weißt genau, was der Tunnel für Risiken birgt. Vielleicht nicht primär für die Menschen, aber für die Umwelt. Also doch wieder für den Menschen! Spätestens – *spätestens!* – seit diesem verrückten Sommer müssen wir solche Projekte doch unter der Prämisse umweltschonend diskutieren und nicht mehr, ob sie ökonomisch von Wert sind.«

»Meine Liebe, das ist so typisch deutsch. Wieder mal die vorgebliche Vorreiterrolle in Sachen Ökologie. Soll ich dir mal was sagen? Schau dir die Diskussionen um die alternativen Energien an. Strom aus Windkraft. Im Norden erzeugt. Und? Beim Weg in den Süden hapert es schon. Wasch mir den Pelz, aber mach mich nicht nass. Hunderte von Bürgerinitiativen, die *selbstverständlich* und *absolut* pro Windkraft sind. Aber bitte keine Leitung vor meiner Tür! Bitte keine Windräder neben meinem Haus! Ich bekomme so leicht Tinnitus! Ich kann nicht verstehen, dass die

Deutschen immer die Bremserrolle spielen müssen. Stichwort Brennerbasistunnel zur Entlastung des Verkehrs Süd-Nord. Der auch den deutschen Reisenden und Speditionen zugutekäme. Die Italiener und Österreicher sind nahezu fertig mit ihren Arbeiten. Die einzigen, die wieder Jahre hinterherhinken, sind … ich verrat's nicht, was schätzt du?«

»Dazu kann ich nichts sagen, Leif, ich bin keine Expertin für den Alpenverkehr. Ich heiße nicht Hannibal. Und wo wir grad bei dem sind: Seine Elefanten brauchten keine Angst zu haben. Ihr Chef trieb sie *über* die Alpen. Hast du je versucht, dir vorzustellen, was es bedeutet, zwanzig Kilometer …«

»Neunzehn.«

»… unter der See gefangen zu sein? Was mache ich, wenn Wasser eindringt? Mich schnell in meinen Bikini werfen und nach oben tauchen? Man muss nicht an Klaustrophobie leiden, um da unten eine Scheißangst zu kriegen.«

»Wenn du für die Strecke lange genug brauchst, um Schiss zu bekommen, solltest du dir einen neuen Wagen zulegen. – Nein, im Ernst. Das Sicherheitskonzept ist total. Alle hundert Meter gibt es Fluchttunnel. Es gibt Schutzräume. Es …«

»Aber alles unter Wasser, Leif. Die Vorstellung ist gruselig.«

»Dann solltest du nicht mehr surfen gehen, Süße. Da bist du doch auch ab und zu unter Wasser, oder nicht?«

»Hast du mich noch nicht gesehen, Onkel?«, grinste Wenke. »Ich bin viel zu gut.«

»Du hast mich schon überzeugt.«

»Bevor du mich ganz rausbringst: Zurück zum Tunnelbau. Bei dem werden die Schäden für die Umwelt immens sein. Allein die Sedimentverdriftung beim Ausbaggern wird die empfindliche Ostsee über Jahre eintrüben, mit Folgen für die Tier- und Pflanzenwelt. Das wird von deinen Leuten nicht bestritten. *Dafür zahlen wir Millionen für entsprechende Maßnahmen,* heißt es dann immer. Außerdem wird die Ökobilanz durch den Verkehr verheerend. Anstatt diesen Verkehr auf die Schiene zu verlagern, kommen noch mehr Autos, die noch mehr …«

»Da bin ich ganz bei dir, mein Schatz.«

»Siehst du, ich wuss… Was? *Was* bist du?«

»Ich bin ganz deiner Meinung. Eines der großen Missverständnisse, Wenke, ist anzunehmen, Tunnelbauer würden den Boden bereiten für die Ausweitung des Individualverkehrs. Das ist falsch. Bei den Befürwortern der Festen Beltquerung existiert kein einheitliches Meinungsbild. Wenn es nach mir ginge, wäre das Verhältnis Auto zu Bahn vierzig zu sechzig und nicht umgekehrt. Oder gern dreißig zu siebzig. Finanzierbar wäre das eine so gut wie das andere. Aber ich bin kein Phantast. Das Auto ist nicht nur die heilige Kuh der Deutschen, auch die Skandinavier kucken nicht auf die Ökobilanz. Die wollen schnell nach Mitteleuropa, um am Ball zu bleiben.«

»Donnerwetter! Das hätte ich nicht gedacht. Mein Onkel Leif als Umweltfreak.«

»Aber wie stellst du dir das vor, Leif?« Malte meldete sich zu Wort. »Soll ich mich in Zukunft an den Bahnsteig stellen, wenn ich mal eben nach Kopenhagen muss? Ich weiß nicht.«

»Siebzig zu dreißig, Malte. Es geht doch nicht um den Geschäftsreisenden und den Touristen. Es betrifft den Schwerverkehr, den Warenaustausch. Die Laster müssen runter von der Straße. Sie gehören zu den größten Umweltsündern. Unnötiger Kraftstoffverbrauch bei Leerfahrten, Dauerbelastung des Straßenbelags, übermüdete Fahrer obendrein. Da wird sich auch nichts ändern.«

»Ändern wird sich aber auch nichts bei der Bahn. Anders: Für uns auf Fehmarn wird sich eine Menge ändern. Wenn ich nämlich am Bahnsteig stehe, weil ich nach Kopenhagen muss, so wie ich es jetzt in Puttgarden noch kann, aber in ein paar Jahren hält kein Zug mehr, dann *muss* ich mit dem Auto fahren.«

»Genau, Schatz!«, bestätigte Wenke. »Die Haltestellen werden soweit reduziert, dass ich in Hamburg einsteigen muss«, feixte sie. »Es drängt sich obendrein der Verdacht auf, auch Scandlines soll abgewickelt werden. Wenn ich die heiligen Schwüre der Politiker höre: *Die Fähren werden auch in Zukunft fahren,* bla, bla, bla. In Wirklichkeit wird alles unternommen, den Fährbahnhof vom Durchlaufverkehr abzukoppeln, um ihn auszutrocknen. Die

Politik beiderseits des Belts setzt einseitig und rücksichtslos auf den Tunnel. Egal, was es für Folgen hat.«

Leif lächelte, herablassend, wie Wenke fand. »*Panta rhei*, alles fließt, heißt die Formel. Heraklit sagt in seiner Flusslehre: *Alles fließt und nichts bleibt; es gibt nur ein ewiges Werden und Wandeln.* Der Fortschritt wird nicht aufzuhalten sein, ob wir es wollen oder nicht. Manches daran gefällt auch mir nicht.«

»Sprüche, Leif, alles Sprüche. Du hast die Insel hinter dir gelassen, *ich* lebe hier. Und ich möchte nicht erleben, wie eine Rennstrecke durch Fehmarn schneidet wie ein heißes Messer durch die Butter. Sie wird dieses Eiland teilen, seinen Erholungswert kaputt machen und die Bewohner im wahrsten Sinne des Wortes links liegen lassen. Ich befürchte, ich werde meine wundervolle Insel in ein paar Jahren nicht wiedererkennen.«

»Hör auf, so maßlos zu übertreiben!«, fuhr Malte dazwischen. »Unsere Kinder und Kindeskinder werden am Brink spielen wie wir und wie unsere Eltern damals, und sie bekommen den Tunnel nicht einmal zu sehen. Sie werden die weißen Fähren sehen, so wie wir heute.«

Levke mischte sich lachend ein. »Es scheint ja eine diskussionsfreudige Hochzeitsnacht bei euch zu werden. Wollen wir nicht lieber ein bisschen feiern? Euer Thema hat sicher noch ein paar Jahre Bestand.«

»Mutter hat recht«, nickte Malte und sah seine frisch angetraute Frau liebevoll an. »Ich hoffe, die Diskussionen werden beendet sein, bevor unser erstes Kind da ist. Und dazu werden wir heute Nacht den Grundstock legen, oder, Wenke?«

»Zur Beendigung der Diskussionen?«

»Nee«, lächelte Malte, »nicht dazu.«

16

Warmer Abriss

Das Angebot, das Sören machte, haute ihn nicht grad vom Büffelledersofa, aber wenn er es recht bedachte, verfügte sein alter Mitschüler auch nicht über jedwede Freiheit, was der ihm händeringend (Sören würde sich nie ändern!) bestätigte.

Sein Klient aus Hannover habe ihm enge Grenzen gesteckt, der könne ja auch nicht sicher sein, dass das Preis-Leistungsverhältnis, so wie er es sich vorstellte, etwas mit der Realität zu tun hatte. Na klar, die Wohnungen würde er loswerden, aber kam das dabei raus, was er reinbuttern müsste? Plus Rendite?

Auf der anderen Seite – war das sein Problem? Das Problem von Matthäus Blank?

Dettmann kriegte sieben, ach was, über acht Prozent Provision. Man lebte auf dem Dorf, hier funktionierte der Landfunk. Vertraulichkeit war was für Großstädter.

Er würde Sören nicht auf die Nase binden, was er für den Speicher … ach, zum Teufel, der wusste das bestimmt schon. Den Landfunk hörten alle.

»Da hast du 'n schönes Schnäppchen gemacht«, folgte die Bestätigung. »Dreißigtausend – das ist geschenkt, Matthäus.«

»Das kommentier ich nicht. Selbst wenn. Da ist ganz schön was weggefackelt. Das ist überhaupt nicht in den Preis eingeflossen, sag ich dir.«

»Ich hab mich erkundigt«, lächelte Dettmann breit. »Fundament, Mauerwerk, alles tippi-toppi. Und mit dem Umbau hast du eh nichts zu tun. Nun sei mal zufrieden.«

»Hat Thode wieder geplaudert, der blöde Hund? Der soll mal hinter seinem C-Rohr bleiben und nicht so viel sabbeln.«

»Hast du eigentlich eine Ahnung, was mein Klient da reinstecken muss? Speicher zu Wohnungen, Matthäus. Eines der letzten großen Abenteuer.«

»Du brauchst nicht auf die Tränendrüse zu drücken. Verschenken werde ich das Ding nicht.«

»Mal im Ernst. Innenwände, komplett Türen und Fenster, Zwischendecken. Und ein Dach dazu. Ein Kuppeldach. Echt aufwändig. Von Kanalisation und so will ich gar nicht reden.«

»Ja und? Ich zwing ihn nicht dazu.« Blank verzog das Gesicht zu einem Grinsen. »Er kann ja 'n Schiff dranhängen, dann hat Fehmarn *sechs* Kirchen.«

»Klar. Mit dir als Pastor.«

»Halleluja.«

»Lass uns Fakten schaffen. Fünfzig ist die äußerste Schmerzgrenze. Weiter kann ich nicht gehen. Auch nicht der alten Freundschaft wegen.«

Blank schnaubte. »Bist du verrückt? Dann hättest du dir den Weg sparen können. Meine Verhandlungsbasis ist siebzig.«

Sören lachte. »Ich glaube, es wird ernst. Ohne 'nen Klaren auf'n Tisch kommen wir nicht zusammen.«

Als Blank den Köm aus dem Eisschrank holte, meldete sich sein schlechtes Gewissen. Aber davon konnte er dem Makler natürlich nichts sagen. Jetzt gab es kein Zurück mehr. Hinrichs hatte ihn im Sack.

»Damit will ich nichts zu tun haben!«, hatte er Ole angefaucht. »Sowas mach ich nicht!«

»Ach, Matthäus! Langsam, langsam. Glaubst du, ich lauf mit 'ner Fackel durch die Gegend? Wie bei der Olympiade?«

»Nee, *du* nicht! Du hast dafür deine Leute.«

Hinrichs schaute sich um. Es wäre klüger gewesen, wenn sie sich nicht im *Kroog* getroffen hätten. Der Trottel konnte sich nicht im Zaum halten. »Brüll man noch lauter, Mann, damit auch alle mithören können.« Dann fasste er den Arm des anderen mit festem Griff. »Ich fürchte, mein Freund, du hast dich noch nicht entschieden. Erst warst du begeistert von meinen Ideen, nu hest du de Büx vull. Du musst langsam mal wissen, was du willst.«

»Ole, hätte ich geahnt, dass da bei dem Ganzen was Ungesetzliches bei ist, dann …«

»Ungesetzlich! Schnick, schnack!« Hinrichs grinste. »Weißt du noch, damals, als man auf den Schiffen zollfrei einkaufen konnte? Fritz Lüders hat den lütten Hermann Konietzka immer losgeschickt, Ware zu holen, weil sein Schwager auf der *Theodor Heuss* im Lager gearbeitet hat. Man durfte eine Stange Zigaretten, glaub ich, und einen Liter Schnaps mit von Bord nehmen. Und was macht Doorni? Taschenweise hat er das Zeug runtergeschleppt. Schön durch den Personalausgang. Die Zöllner haben ihm fröhlich zugewinkt, dem Kleinen. Hä, hä. Und den Kram hat Fritz im *Kroog* verhökert.« Er klopfte seinem Gegenüber auf die Schulter. »Das war Volkssport auf Fehmarn damals, Matthäus. Ja, und? Meinst du, der Staat geht pleite dabei? Gesetze sind eine gewisse Handlungsanleitung, eine Richtschnur. Du bleibst doch an einer roten Ampel auch nicht stehen, wenn kein Auto kommt, oder? Gesetze sind was für Leute, die Probleme haben, mit dem Leben klarzukommen. Der normale Mensch braucht sowas nicht, der regelt alles mit dem Verstand. – Was die ollen Bauwerke anbelangt: Lass uns doch mal Klartext reden. Leute wie wir sorgen dafür, dass ausgemistet wird. Wie du deinen Schweinestall, verstehst du? Das Alte, das Faule, das Brüchige – das muss alles mal weg, Matthäus. Es muss Platz her für was Neues. Denk mal an einen Vulkan. Wenn der ausbricht, saust heiße Lava den Hang runter, macht alles platt – und dann? Dann hast du den fruchtbarsten Boden der Welt. Nirgendwo sonst siehst du so schöne Blumen wie unten am Vesuv.« Hinrichs winkte Ylvi Lüders zu und rief: »Bringst uns mal 'n Gedeck, mien Deern?«

»Danach ist mir jetzt gar nicht zumute«, polterte Blank. »Nee, Ole, so kann das nicht laufen! So nicht!«

Hinrichs breitete die Arme aus. »Bitte! Wenn du nicht willst! Wenn du lieber unter den Verlierern bleiben willst … Wie lange gibst du deinem Hof, hmm? Noch ein paar Sommer wie dieser, und du *heißt* nicht nur Blank.« Er beugte sich über den Tisch. »Matthäus, die Leute sind doch alle gut versichert. Die versinken doch nicht plötzlich in Armut! Weißt du doch! Dazu kommt: Der Zeitpunkt ist ideal! Dieser Brandstifter ist so fleißig, der …«

»Quatsch! Thilo hat mir gesagt, dass der bis jetzt wahrscheinlich für vier Brände in Frage kommt, für mehr nicht. In der einen Nacht neulich …«

Lächelnd sah Hinrichs ihn an. »Ja? Was war da? Was war denn da?«

»Kurzschlüsse, haben sie gesagt! So ein Blödsinn! Sieben Kurzschlüsse!«

»Ja! Und? Das hältst du für Blödsinn? Hat Thilo dir auch gesagt, was das für Bruchbuden waren, die abgebrannt sind? Hä? Altes, feuchtes Mauerwerk, Leitungen aus Kaisers Zeiten. Das ist doch das Normalste der Welt, wenn die mal ihren Geist aufgeben.«

Sie schwiegen, nicht nur, weil Ylvi die Getränke servierte. Matthäus Blank war verunsichert. Der Speicher von Heinz Struwe war das dritte Objekt, für das Sören einen dankbaren und zahlungskräftigen Investor an der Hand hatte. Bei den anderen war nie die Rede von Brandstiftung. Einmal eine achtlos weggeworfene Zigarette, einmal den Herd angelassen, ins Kino gefahren. Blank kicherte. Seniorenvorstellung: *Feuerzangenbowle*. Was für ein Witz!

»Na, siehste! Du lachst wieder. Ich hab doch gewusst, dass du bei der Stange bleibst.«

»Ich will aber von solchen Geschichten nichts wissen, Ole! Sag mir in Zukunft bitte nicht …«

»Das gibt's nicht, Matthäus!«, unterbrach Hinrichs ihn unwirsch. »Mitgefangen, mitgehangen! – Beruhige dich. Keiner fängt dich, keiner hängt dich. Julius weiß doch, was läuft – und? Kommt da was? Nee! Hast du mal gesehen, wie der wohnt? Zwei-Zimmer-Wohnung, Klo mit Spülkette. Aber seine Olle fährt jeden Tag zum Shoppen, und als Polizeibeamter in seinem Rang verdient er nicht besonders viel. Was meinst du, wie der sich freut, wenn er 'ne anständige Unterkunft kriegt.«

Blank holte tief Luft. »Ich fass es nicht! – Aber der Dorfpolizist ist die eine Sache. Was ist mit den Profis?«

»Ach, bis die vom LKA vor Ort sind, sind die Trümmer meistens beseitigt. Von wegen Einsturzgefahr.«

»Was sagt eigentlich Maike dazu?«

»Wenn mein Fräulein Tochter … Fräulein? Mann, die wird

nächstes Jahr dreißig! Wie de Tiet löppt, wa? … Wenn sie auf Fehmarn bleiben will und zuhause ständig rumstänkert, dann kriegt auch sie 'ne eigene Wohnung, ob es ihr passt oder nicht! Dann schmiet ick ehr rut! Neulich wollte sie schon 'n blaues Kreuz in den Garten stellen – na, da war aber Tango in der Hütte, das sag ich dir.« Die Erinnerung weitete Hinrichs Augen. »Weißt du, was sie meinte, dat freche Aas? Hätt'st den Hof nicht verkauft, müsstest du mir nicht jeden Tag über 'n Weg laufen. Da hatten wir Platz genug.«

»Die Deern ist nicht auf die Gosch gefallen«, feixte Blank.

»Ja! Da freu du dich mal noch! Große Klappe, aber ihren Hundertzwanzig-Quadratmeter-Dachboden verachtet sie ganz und gar nicht! Da träumt Julius Wachsmuth von. – Ich hab ihr gesagt: Hättest du 'ne feste Beziehung mit 'm netten Mann und 'n paar Kinder, dann wärst du schon lange aus 'm Haus und ich vielleicht endlich Opa. – Sagt sie: Was soll ich mit 'nem blöden Typ und 'nem Satz heulender Blagen? Ich will meine Freiheit! – Wehe, ich krieg spitz, dass da was mit 'ner anderen Frau läuft. Ist ja modern heute. Dann fliegt sie, aber achtkantig.«

»Und sie hat keine Ahnung, wie du ihren Dachboden und alles, was da drunter ist, finanzierst?«

Hinrichs sah ihm intensiv in die Augen. »Du wirst so klug sein und ihr nichts sagen, Matthäus. Da sind wir uns hoffentlich einig. Du wirst *niemandem* etwas sagen, okay?« Nach einigen Sekunden lächelte er. »So, und jetzt entspannst du dich, und wenn du zuhause bist, wechselst du die Windeln.« Dann brach er in lautes Lachen aus und schlug seinem Gegenüber heftig auf die Schulter. »Matthäus, wir sind beide alte Fehmaraner. Küstenmenschen. Wir verteidigen unsere Traditionen, unsere Hallig, und gewinnen ständig Land dazu, wenn du verstehst. Wir sollten aus solchen Katastrophen wie einem überraschenden Brand Nutzen ziehen und keine unnützen Tränen vergießen.«

17

Das Geständnis

Durch die schmutzigen Fenster des Klassenzimmers sah Arne Johnsen hinaus auf das Feld, auf dem das reife Getreide wogte. Der Wind strich über die goldfarbenen Ähren, die sich dankbar vor der kraftspendenden Sonne verneigten. Sie lachte von einem Himmel, dessen strahlendes Blau sich über Land und See spannte. Es versprach, ein wunderbarer Tag zu werden.

»Und deshalb«, sprach Max Zuppke zu seiner Schülerschar, »wollen wir einige der blühenden Schönheiten unserer Insel dauerhaft festhalten. Dazu werden wir uns viel in Gottes freier Natur bewegen.«

Umso besser, dachten seine Schutzbefohlenen. Jede Stunde, die wir nicht in diesem Klassenraum verbringen, ist eine gewonnene Stunde.

»Nach dem täglichen Unterricht«, dämpfte der Alte die Vorfreude, »werdet ihr, nachdem ihr euch einen der vielen Tümpel in der Nähe oder meinetwegen einen der Binnenseen am Brink ausgesucht habt, dort mit einem scharfen Messer – aber Vorsicht damit! – Pflanzen abschneiden. Verschiedene Pflanzen. Pflanzen, die in Wassernähe wachsen. Am Süß- und am Salzwasser. Je unterschiedlicher, desto besser. Aber von jeder Art nur eine! Ihr bewegt euch in einem Naturschutzgebiet! Blumen, Gräser, Zweige von Büschen – es eignet sich vieles für unseren Zweck.«

Der prächtig aufgelegte Lehrer beschrieb den Kindern, wie ein *Herbarium* angelegt wird (»den Namen solltet ihr euch gleich merken; falls ihr mal auf die höhere Schule kommt, kennt ihr schon ein lateinisches Wort«) und dass neben den Pflanzen ein dickes Buch oder eine Presse vonnöten sei.

»Darin werden die getrockneten Pflanzen flachgepresst, was ungefähr einen Monat dauert. Diese Pflanzen eignen sich als Zierde für alles Mögliche. Wenn ihr der lieben Mutter zum Beispiel eine Glückwunschkarte zum Muttertag basteln wollt. Oder dem armen Sören eine Genesungskarte ins Krankenhaus bringen möchtet. Das würde ihm helfen, seine Augenoperation besser zu überstehen.«

Betretenes Schweigen. Das hatte gerade noch gefehlt. Die Dinger, auf denen man sonst achtlos herumtrampelte, nach denen sollten sie sich bücken und gar noch abgeschnittene Finger in Kauf nehmen?

»Damit es richtig Spaß macht«, lächelte Zuppke, »schreibt ihr begleitend auf, wo ihr fündig geworden seid, was euch dort aufgefallen ist und dergleichen. Ich kann mir vorstellen, dass ihr euch auf diese Aufgabe unbändig freut. Deshalb legen wir gleich heute Nachmittag los.«

Hajo Lüders hob den Finger. »Woher sollen wir denn die dicken Bücher nehmen, Herr Zuppke? Sowas haben wir nicht bei uns zuhause.«

Ungläubig schaute der Lehrer ihn an, überlegte dann kurz und sagte: »Du, Leif, Arne und Ernst. Ihr kommt mit mir.«

Zum ersten Mal durften Schüler der Dorfschule Altenkamp Max Zuppkes sagenumwobene Bücherei im Keller des Hauses betreten, in der zahlreiche Bücher die Regalbretter bogen. Alte Exemplare mit Lederrücken, staubbedeckte dicke Schinken, Bildbände, Werke von Leuten, deren Namen keiner der Jungen je gehört hatte. Schiller, Goethe, Uhland, Hölderlin und wie sie alle hießen.

»Ich habe einige Bücher dazwischen, die ich schon längst aussortieren wollte, und ihr Bengels kommt mir gerade recht.«

Zielgenau fischte er einige Exemplare heraus und legte sie auf einen Tisch. Binnen Minuten stapelten sich die Bücher zu bedenklicher Höhe, und den Schülern wurde angst und bange, wenn sie an das Gewicht dachten.

Dann zog Max Zuppke einen recht dünnen Band aus dem Bord, der auf dem Buchdeckel das Porträt eines Mannes zeigte, dessen Augen grimmig, kalt und feurig zugleich in die Kamera schauten. Der vordere Teil seiner Haare zog sich glatt und glänzend schwarz über seine Stirn, unter der Nase trug er einen kleinen Schnauzbart. Direkt unter dem Kragen seines weißen Hemds standen quer auf einem roten Untergrund in seltsamen Buchstaben nur zwei Worte: *Mein Kampf.*

Gebannt schauten die Jungen auf dieses Buch, der Mann jagte ihnen irgendwie Angst ein.

»Das war's.« Zuppke legte die Bücher vorsichtig in ihre Arme, als er merkte, dass Hajo leise stöhnte, hielt er inne und nahm von jedem Stapel zwei, drei Bände herunter. »Den Rest trage ich selbst.«

Zurück im Klassenraum verteilte er die Bücher auf die Schüler. Es waren zu wenig. »Schaut zuhause nach, ob ihr etwas findet. Es können auch Rezeptbücher sein. Oder Telefonbücher. Eine richtige Presse kann man auch selbst herstellen. Ich kann euch sagen, wie es geht. Vielleicht fragt ihr einfach eure Eltern.«

Arne hörte kaum zu. Gebannt sah er auf das Buch, denn natürlich hatte er den Namen gelesen, der ganz oben auf dem Einband stand. *Adolf Hitler.*

Adolf Hitler, von dem ihm Levke erzählt hatte, dass er ein schlechter Mensch gewesen sei.

Arne schaute wieder in das Gesicht, in die unheimlichen Augen und sah ein, dass sie wohl recht hatte. Arnes Vater hatte seinen Söhnen beigebracht, dass sie nicht nach dem Äußeren eines Menschen urteilen sollten, weil er drinnen ganz anders aussehen konnte. Arne hätte es nie so gesagt, aber er fand, im Falle Nicos verhielt es so. Auch der war keine Schönheit, aber Arne mochte ihn, weil er ein guter Mensch war. Das Bild Hitlers vor Augen, wusste er jetzt, dass er diesen Menschen nicht leiden mochte.

Adolf Hitler. Arne war nun klar, dass sein alter Lehrer entweder gelogen hatte, als er sagte, dass ihm dieser Name unbekannt sei. Oder er hatte den Namen vergessen, aber das hielt Arne für nicht wahrscheinlich; es wäre das erste Mal, dass Max Zuppke etwas vergaß.

Als die Schulglocke laut schepperte und die Kinder das Gebäude verließen – die meisten von ihnen ein dickes Buch unter dem Arm, weil es nicht in den Ranzen passte – nahm Arne Johnsen allen Mut zusammen.

Er wartete, bis er mit dem Lehrer allein war. »Nanu, Arne! Hast du was auf dem Herzen? Hast du nicht verstanden, was wir mit den Blumen …«

»Herr Zuppke, das Buch da …« Der Alte folgte dem Blick des Jungen, der auf das Hitler-Buch gerichtet war.

»Ja?«

»Das ist von Adolf Hitler, nicht wahr?«

Zuppke schien zunächst nicht zu wissen, was Arne meinte. Dann zuckte er kurz zusammen, als wäre er bei einem Unrecht ertappt worden. Er nickte. »Richtig. Und?«

Arne räusperte sich. Er bereute für einen Moment, Zuppke angesprochen zu haben. »Erinnern Sie sich? Ich habe Sie mal gefragt … äh …«

»Du hast mich gefragt, ob ich wüsste, wer Hitler ist, und ich habe nein gesagt. Das habe ich gemacht, du kleiner Hosenscheißer, weil du gar keine Vorstellung von dem Mann hast. Kannst du auch nicht. Du bist einfach zu jung. Frag doch deinen Vater. Oder wen auch immer. Aber nicht mich, verstanden? So, und jetzt mach, dass du rauskommst!«

Arne sank in sich zusammen und schaute verständnislos in das grimmige Gesicht seines Dorfschullehrers. Dann rannte er hinaus.

Stunden später saß er zusammen mit Levke auf dem Deich. Sie sahen stumm auf die Ostsee. Die kleinen Blumen in der Heidelandschaft leuchteten, und überall roch es nach saftiggrünem Gras. Sanft fuhr der Wind durch die Bäume diesseits und jenseits des Erdwalls.

Immer noch erregt hatte er ihr sein Erlebnis mit Zuppke gebeichtet. Vor Scham und hilfloser Wut hatte er einen hochroten Kopf, als er erzählte.

Levke hörte ihm aufmerksam zu, nickte nur, sagte aber nichts.

»Sag doch was! Was für ein Idiot!«

»Meinst du?«

»Du nicht?«

»Vielleicht täuschst du dich.«

»Hä? Hast du nicht verstanden, was ich gesagt habe?«

»Ach, Arne. Menschen haben manchmal gute Gründe, anderen etwas zu verheimlichen. Es muss nicht immer was Schlechtes dahinterstecken.«

»Aber … Levke, er ist unser Lehrer! Eigentlich ist er so wichtig wie unsere Eltern.«

Sie nickte. »Für mich noch wichtiger. Ich habe keine mehr.«

»Quatsch. Meine Eltern sind auch deine Eltern. Du hast eine gute Mutter und einen guten Vater. Wie ich.«

»Dann frag doch deinen Vater. Vielleicht weiß der, warum Herr Zuppke so reagiert hat.«

Das tat Arne nicht. Er hatte Angst, seinen Vater in Verlegenheit zu bringen und auch von ihm Unwahrheiten zu hören.

Still ging er am nächsten Tag zur Schule, nachdem er lange mit der Absicht gerungen hatte, zu schwänzen. Aber dann hätte Levke gesagt, er kneife, und das wollte er nicht.

Er duckte sich in seine Bank, erwartete, von Zuppke mit bösen Blicken bedacht zu werden oder gar zum ersten Mal wegen einer Nichtigkeit *die Zange* zu kassieren.

Nichts dergleichen! Als er den Alten ansah, merkte er sofort, dass etwas anders war als sonst.

Er hatte nie erlebt, dass der Lehrer so leise sprach, wenn er überhaupt mal etwas sagte. An diesem Tag ließ er die Schüler mit verteilten Rollen aus einem Theaterstück vorlesen, etwas, das sie noch nie gemacht hatten und das nach Arnes Ansicht eher für ältere Schüler geeignet war.

Zuppke sah die ganze Zeit aus dem Fenster und griff nicht mal ein, wenn sich der eine oder andere verhaspelte. Sowas ließ er normalerweise nicht durchgehen.

Gerade als Norma Wielandt wieder an der Reihe war, drehte er sich abrupt um und bat mit Handzeichen um Ruhe.

»Ich möchte euch etwas erzählen, Kinder«, sprach er mit tiefer, sanfter Stimme. »Zunächst möchte ich mich bei einem von euch aus tiefstem Herzen entschuldigen. Arne, es tut mir leid.« Seine Augen blieben an dem jüngeren der Johnsen-Buben haften. »Ich habe von Anfang an gewusst, dass du ein kluger Junge bist. Ein tapferer dazu. Und dir verdanke ich, dass ich endlich reden kann. Es ist nämlich nicht so, dass ich nur dir und euch die Unwahrheit gesagt habe, sondern auch Menschen, die kaum jünger oder so alt sind wie ich und eure Eltern.«

Zuppke erläuterte der Klasse jetzt, was sich hinter seinen Worten verbarg, und er sagte, er schäme sich für seine Feigheit.

Dann sprach er vor den Kindern über die schreckliche Zeit unter Adolf Hitler und den Nationalsozialisten, sprach von Mut und Angst, von Verdrängen und Vergessen, von Mitläufern, wie er selbst einer gewesen sei, von Widerstand, Tapferkeit und Versagen. Von kollektivem Versagen.

Obwohl er seine Worte in eine einfache Sprache kleidete, hatten die Kinder Mühe, ihn zu verstehen, aber genau die war es, seine klare, einfache Sprache, die sie atemlos lauschen ließ.

Als er endete, herrschte ein langes Schweigen in dem alten, muffig riechenden Klassenraum.

Dann sagte Zuppke leise, aber so, dass es auch in der letzten Bankreihe verstanden wurde: »Fragt und lasst euch erzählen, Kinder. Glaubt nicht ihren Ausreden. Fragt noch einmal. Fragt ein drittes Mal, und ihr werdet die Wahrheit erfahren. Jetzt geht nach Hause und vergesst das nicht.« Er lächelte. »Und vergesst nicht die Blumen! Es gibt kaum Schöneres auf der Welt.«

18

Fortschritt

»Warum kann nicht alles so bleiben, wie es ist, Nico?«

Die Arme hinter dem Kopf verschränkt, die Augen geschlossen, lag Arne auf der Anhöhe des Deiches, das Gras unter ihm war warm, die Schwalben sausten dicht an ihm vorbei und hielten die Mücken fern, die Sonne brannte ihm ins Gesicht. Bei diesem Wetter sollte er aufspringen, aus der Kleidung fahren, hinunter zum Strand laufen, die Sandbänke hinter sich lassen, in das kühle Wasser tauchen.

Aber heute war er zu faul. Er hörte hinter sich, auf der anderen Seite des Deiches, dumpfe Hammerschläge, dann eine Säge kreischen. Der Campingplatz oberhalb des Dorfes bekam einen neuen Kiosk, was die Brinkkinder freute, denn neben all so 'nem unnützen Kram würden sie dort sicher Eis verkaufen. Runter zum Laden von Normas Eltern war es ziemlich weit.

Heute war er so faul, dass er nicht mal aufgestanden wäre, wenn der Kiosk schon geöffnet hätte. Eigentlich sollte er längst fertig sein, aber nun hatte es sich doch bis in die Saison hinein verzögert.

Arne war fest davon überzeugt, dass Kinder viel besser faul sein konnten als Erwachsene. Die bekamen immer gleich ein schlechtes Gewissen, wenn sie mal fünf Minuten auf dem Deich lagen, es sei denn, sie hatten Urlaub. Aber selbst dann kamen sie ihm unruhig vor. Als ob sie befürchteten, irgendwas zu verpassen. Deshalb wollte er die Zeit des Nichtstuns nutzen, bis auch er zu alt sein würde, um die Faulheit zu genießen.

Und so lag er, den halbnackten Mann neben sich, den Mann mit der Feder im Stirnband und dem Lendenschurz, der eine sonnenverbrannte, lederne Haut hatte und der nie schwitzte. Der sich auf die Unterarme stützte und Arne so faul vorkam wie er sich selbst.

»Wie es ist? Was meinst du damit?«

Arne öffnete die Augen und sah Nico an. »Na, das ewige Bauen, meine ich. Es ist doch schon alles da – Straßen, Häuser, ein Hafen, eine Brücke. Warum reicht das nicht?« Er sagte ihm nicht, dass er gegen den neuen Kiosk nichts einzuwenden hatte.

Nico hob die Schultern, was ihm, wie Arne bemerkte, Mühe bereitete. »Das nennt man Fortschritt, Arne. Wenn die Menschen nicht aufhören, zu bauen, haben sie Angst, alles steht still. Immer weiter wollen sie, mein Junge. Alles neuer, alles schneller. Ihnen scheint die Furcht im Nacken zu sitzen, und vor der wollen sie weglaufen.«

Arne befreite einen Arm und zupfte einen Grashalm aus, den er sich in den Mund steckte. »Warum?«, kaute er. »So wie es jetzt ist, ist es doch gut. Wir können spielen, Vater kann seine Äcker pflügen, du kannst die Kühe melken.«

»Das konnten wir aber all die Jahre auch, nachdem der vorige große Fortschritt auf die Insel kam.«

»Wovon sprichst du?«

»Na, überleg mal. Zwei Jahre, bevor du geboren wurdest, gab es die Brücke noch nicht, es gab keinen Hafen mit großen Fähren. Wenn du nach Dänemark wolltest, musstest du immer einen großen Umweg über Flensburg machen und für den Katzensprung auf das Festland gab es kleine Schiffe, wo höchstens drei, vier Autos raufpassten, und wenn hoher Seegang auf dem Sund war, haben die Leute reihenweise über die Reling gekotzt.«

»Echt?«, lachte der Junge.

Nico drehte sich zu ihm auf die Seite. »Danach ist nicht alles schlechter geworden. Vieles sogar besser. Ich glaube, die Kunst besteht darin, alle Veränderungen – die sein müssen, Arne! – dass man die mit Augenmaß vornimmt. Und die Menschen dürfen nicht immer glauben, die Welt sei nur für sie da. Sie müssen Rücksicht nehmen. Auch die Tiere und die Pflanzen, alle haben ein Recht zu leben. Verstehst du?«

»Na ja, die Pflanzen leben so lange, bis sie in dicken Büchern flachgepresst werden.« Er nahm den Grashalm aus dem Mund und drückte ihn zwischen den Fingern.

»Du machst jetzt einen Witz, stimmt's?« Nico fuhr ihm mit der Hand durchs Haar. »Ohne die Pflanzen könnten wir nicht leben. Ohne die Tiere könnten wir auch nicht leben.«

»Ich weiß. Herr Zuppke hat uns erklärt, wie alles zusammenhängt.«

»Dein Lehrer, der nicht weiß, wer Hitler war?«

Arne warf den Grashalm weg. »Inzwischen ist es ihm wieder eingefallen. – Wenn man bedenkt, wie wichtig schon die kleinsten Insekten sind.« Er sah zu Nico. »Trotzdem hau ich die Mücken tot. Auch, wenn sie mich noch gar nicht gestochen haben.«

»Na klar. Du weißt ja vorher auch nicht, ob sie es tun oder bleiben lassen. Meistens tun sie's, denn sie brauchen dein Blut zum Leben wie du dein Frühstücksbrot. Du musst dir aber keine Sorgen machen, dass sie aussterben. Die Mücken sind so zahlreich wie die Sandkörner da unten.«

Arne sah einer Schwalbe nach, die ganz flach über den Deich flog. »Das kann man wohl sagen. – Levke, die hat mehr Glück. Die wird so gut wie nie gestochen. Wie kann das sein?«

»Wenn ich das wüsste. Ist schon erstaunlich. Vielleicht hat sie eine Blutgruppe, die die Mücken nicht mögen. Siehst du, *das* wäre ein echter Fortschritt, wenn die Wissenschaftler das mal herausfinden würden.«

»Du meinst, dann könnte ich meine Blutgruppe tauschen?«

Nico setzte sich auf und lachte. »Vielleicht klappt auch das eines fernen Tages. Aber wenn das alle täten, gäb's irgendwann keine Mücken mehr.«

»Fändest du das schlimm?«

»Ich bin nicht sicher.« Nico überlegte. »Ich glaube, nicht.«

»Wo steckt Levke eigentlich?«

»Ich meine, sie wollte deiner Mutter beim Kuchenbacken helfen.«

»Das macht sie gerne. Sie schleckt immer die Rührschüssel leer.«

»Eine richtige Naschkatze.«

»Trotzdem wird sie nicht dicker. Wenn man mit ihr auf dem Deich steht, muss man aufpassen, dass sie nicht wegweht.«

Ein dünner Mann und eine sehr korpulente Frau gingen auf dem Deichweg vorbei und sahen erstaunt auf das seltsame Gespann unter ihnen. Als sie ein paar Meter entfernt waren, sah Arne die Frau wild gestikulierend auf den Mann eintuscheln, wobei sie sich einmal umdrehte. Arne glaubte, ein Wort zu hören, das er nicht kannte: *Perverser.* Oder so was. Nico schien das Paar nicht zu bemerken.

»Ich denke, das wird ihr mit dir nicht passieren. Du magst meine Enkelin, nicht wahr?«

»Na ja, also – wenn man bedenkt, dass sie ein Mädchen ist … ich finde, sie ist in Ordnung.«

»Levke ist zu viel allein, Arne. Immer grübelt sie. Manchmal weint sie ohne Anlass.«

Sie hörten die Säge auf dem Campingplatz wieder kreischen. »Vielleicht hat sie auch Angst vor dem Fortschritt.«

»Manchmal *sollten* die Menschen Angst vor dem Fortschritt haben. Nicht selten bringt er auch Menschen um. Nicht nur Tiere und Pflanzen.«

Arne drehte sich auf den Bauch und sah Nico interessiert an. »Umbringen? Wieso?«

Nico zeigte in den Osten, wo sich zwei Fähren kurz vor der Hafenmole begegneten. »Als damals die *Vogelfluglinie* fertig gestellt wurde, ist manches schnell gegangen. Zu schnell. Die Brücke, zack! Die E4, zack! Der Bahnhof, der Hafen, zack, zack, zack! Ein paar Sachen sind dabei vergessen worden.«

»Welche meinst du?«

»Fehmarn ist eine Insel, Arne.« Nicos Rechte beschrieb einen großen Bogen. »Dünn besiedelt, die Orte liegen ziemlich weit auseinander. Ohne Auto bist du hier nichts. Das merke ich selber, auch wenn …«, er lächelte verlegen, »… es bei mir andere Ursachen hat, dass ich nicht fahre. Aber du – auch Kinder können nicht immer zu Hause bleiben. Auch sie müssen mal weg. Wenn du nachher auf die höhere Schule in die Stadt gehst, wie kommst du dahin?«

»Na, mit dem Bus. Bis ich 'n Führerschein hab.«

»Richtig. Die Busse fahren dich morgens hin und holen dich

mittags wieder ab. So sind ihre Fahrzeiten festgelegt. Aber wenn sie nicht fahren, und niemand die Zeit hat, dich mit dem Auto mitzunehmen, bist du mit dem Fahrrad unterwegs, richtig? Das geht mir ja auch so. – Vor sieben Jahren, Arne, weißt du, was da passiert ist?«

Oh ja, dachte der Junge. »Ich glaube, ich weiß, was du jetzt sagst.«

»Ja? Eine Gruppe Kinder, Kinder, die jetzt gerade erwachsen geworden wären, die kamen vom Konfirmandenunterricht aus Bannesdorf und wollten mit dem Fahrrad zurück nach Puttgarden, wo sie wohnten. Um die Zeit fuhr kein Bus.«

»Genau. Davon habe ich gehört. Meine Eltern haben sie gekannt.« Er sagte Nico nicht, was er empfand, wenn er diese Kreuze sah. Er sah sie oft, und stets fühlte er dasselbe. Wenn er nur wüsste, was es war, das ihm durch den Kopf ging, wenn er sie sah.

»Dann weißt du auch, dass drei von ihnen auf der Brücke, die die neue E4 überspannt, von einem Auto erfasst worden sind. Nur, weil sie auf der Straße fahren mussten. Der Autofahrer konnte die Kinder vielleicht nicht rechtzeitig sehen, weil die Brücke sich nach oben wölbt. Oder aber er war zu schnell. Zu schnell und unüberlegt. Wie die Straßenbauer. – Es gibt auf der Insel viel zu wenig Fahrradwege. Und das ist sehr gefährlich. Einige Leute haben lange gewarnt, aber immer hieß es, es wäre kein Geld da. Verstehst du? Vorrang hat die *Vogelfluglinie,* Vorrang haben die Menschen, die mit der Fähre schnell in Skandinavien sein wollen. Vorrang haben die Leute, die mit dem Fortschritt viel Geld verdienen, aber nicht für ihn zahlen wollen.«

Arne beendete das Faulenzen und begab sich in den Schneidersitz. Man konnte nicht gleichzeitig faul sein und über das nachdenken, was Nico erzählte.

»Aber, wenn das alles gefährlich ist, und trotzdem besser, dann brauchen wir doch keinen neuen Fortschritt mehr, oder? Jetzt haben wir die Fähren und am Sund die Brücke. Und wenn vielleicht mal die Leute auf dich hören und neue Fahrradwege bauen, dann reicht das doch. Dann müssen sie doch nicht noch einen größeren Hafen bauen. Oder noch eine Brücke.«

»Da würde ich mich nicht drauf verlassen. Mit der Brücke geht es rascher als mit der Fähre. Auf einer Straße ist man nun mal schneller als auf dem Wasser.«

Wieder sah Arne einer Schwalbe nach, die dicht an seinem Kopf vorbeigeflogen war. Nicht mehr faulenzen ist auch gefährlich, dachte er. Dann sah er hinauf in den blauen Himmel und schirmte zum Schutz vor der Sonne die Augen ab. Weit oben flog eine Schar Vögel, so hoch, dass er die Art nicht erkennen konnte.

»Bei denen da oben hat die *Vogelfluglinie* auch Vorrang, Nico. Trotzdem lassen sie sich nicht alle Naslang was Neues einfallen.«

Nicos Augen folgten seinem Blick. Nach einiger Zeit sagte er: »Du hast recht, Arne. Wahrscheinlich sind die Vögel klüger als die Menschen.«

19

Das Ferienhaus

»Au weia!«

Kay-Dante Pfeffer-Ulmen fand einen moosüberwachsenen Baumstumpf und ließ sich stöhnend nieder, den fassungslosen Blick auf das Haus gerichtet, wobei der Begriff Haus den Zustand des Gemäuers unzureichend beschrieb. Eher konnte man von einer Ruine sprechen, was aber, so der Einwand des beleibten Maklers, nach so vielen Jahren (verständlicherweise) weniger in Gesichtspunkten des Denkmalschutzes, sondern einzig im Respekt vor der Historie dieses Anwesens begründet sei.

Pfeffer-Ulmen nickte mechanisch. Womöglich hatte dieser gedrechselt faselnde Mann, der ihn durch dicke Brillengläser musterte, nicht unrecht. Auch wenn er ihn kaum verstand.

Was er verstand, war der Grund, warum dieses Objekt – *und ich habe alles versucht,* beteuerte Sören Dettmann händeringend – keinen Abnehmer gefunden hatte. Den einen, eher pragmatischen Naturen, liege das Haus etwas zu fernab vom Geschehen. Sie hätten wohl die Ostsee gemeint.

Freimütig gestand der Makler, dass andere potentielle Käufer die Finger davonließen, als ihnen klar wurde, wer hier einmal Unterschlupf gefunden hatte.

Dritte hätten gerade aus diesem Grunde Interesse gezeigt, ihnen sei schlicht der Preis zu hoch vorgekommen.

»Aber günstiger wollte mein Klient nicht anbieten, verstehen Sie? Er hat geahnt, dass eines Tages jemand kommen würde, der die geschichtlichen Zusammenhänge kennt und der den exklusiven Wert dieses Anwesens zu schätzen weiß. Und ich denke, verehrter Herr Pfeffer-Ulmen, heute ist dieser Tag da.«

Wortlos nickte der Filmer, aber seiner Miene war zu entnehmen, dass sich seine Begeisterung in Grenzen hielt. »Ich habe es mir zugegeben etwas … na ja …«

»… besser erhalten vorgestellt, meinen Sie? Ja, man hätte so gesehen natürlich schon mal vorsichtig renovieren können und …«

»… *restaurieren* wäre das richtige Wort, Herr Dettmann.«

»Aber, Kay!«, ließ sich Ernst Naujoks vernehmen, der das Haus gerade mit vorsichtigen Schritten durch die offene Eingangstür verließ. »Das ist doch das geringste Problem. Kuck mal, ich bin Tischler und kenne eine Menge fähiger Handwerker auf der Insel. Nachbarschaftshilfe wird bei uns ohnehin großgeschrieben.«

Pfeffer-Ulmen nickte erneut, schaute mit zusammengekniffenen Lippen auf das, was einmal ein – sogar hübsches – Haus gewesen sein könnte. Beim Blick auf den offenen Dachstuhl fiel ihm etwas auf, was er zuvor nicht bemerkt hatte. »Verrate mir, Ernst, hat es hier mal gebrannt?«

Überrascht sah Naujoks in die Höhe. »Die dunklen Stellen meinst du? Ja, ich weiß nicht … ach, doch! Jetzt, wo du das sagst! Vor einigen Jahren hat es hier mal einen Kurzschluss gegeben. Und wenn man bedenkt, wie lange die Leitungen schon … Aber, kein Problem, Kay. Auch das kriegen wir wieder hin. Die paar Stellen.«

»Paar Stellen? Das ganze Dach ist abgebrannt, würde ich meinen.«

»Da könnte man sicher noch mal mit dem Besitzer über den Preis reden, stimmt's, Ernst? – Wie wäre es denn, Herr Pfeffer-Ulmen, wenn Sie sich drinnen einmal umschauen würden, damit Sie ein komplettes Bild bekommen.« Dettmann wies auf die Haustür.

Im Inneren war der Zustand des Hauses, wie Pfeffer-Ulmen überrascht feststellte, um einiges passabler, als es von außen den Anschein hatte.

»Erstaunlich trocken«, stellte er fest, nachdem er mit der Hand über einen Trägerbalken gefahren war.

»Man nennt Fehmarn nicht umsonst die Sonneninsel«, lächelte Sören Dettmann. »Regen fällt hier alle Jubeljahre mal.«

»Wobei es wirklich Zeit wäre«, antwortete Pfeffer-Ulmen, dem allein der Gedanke, irgendwann wieder in die pralle Sonne zu müssen, den Schweiß auf die Stirn trieb. Immerhin – das hatte er gleich bei Ankunft festgestellt – bot dieses Anwesen durch seine schönen, ausladenden Laubbäume viel Schatten. Genau betrachtet, war das Grundstück komplett zugewachsen.

»Es ist mehr Platz vorhanden als man zunächst annimmt«, sagte Pfeffer-Ulmen, nachdem er sich umgeschaut hatte. »Hier drinnen jedenfalls.«

»Nicht wahr?« Er registrierte beipflichtendes Kopfnicken seiner Begleiter.

Zugegeben, wenn man richtig Geld in die Hand nahm – die Küche: geräumig, Anschlüsse wohl in Gänze vorhanden, Schlafzimmer etwas klein, aber sowohl er als auch seine Frau konnten sicher mit dieser Einschränkung leben – wenn man also reichlich investierte – mein Gott, es ging um eine Ferienwohnung! – dann … Sie würden an ihre Ersparnisse gehen müssen, aber – Mensch, das könnte sich doch lohnen!

»Kay!«, flötete Ernst Naujoks aus dem Flur. »Komm mal, das Beste hast du noch nicht gesehen.«

Der Tischler öffnete die Tür zu einem kleinen Raum, den Pfeffer-Ulmen sich als Arbeitszimmer vorstellen konnte. Er wusste schließlich: Urlaub hin oder her, er würde es doch nicht lassen können.

Naujoks sagte: »Dies war *sein* Reich.« Er schmunzelte. »Das *kleinere* von beiden.«

»Ich verstehe«, antwortete der Filmer leise und ehrfurchtsvoll. Er verwarf die erste Überlegung. Es würde *nicht* als Arbeitszimmer in Betracht kommen. Das käme einem Frevel gleich. Hier hat *er* Urlaub gemacht, dachte Pfeffer-Ulmen, hier zu arbeiten hieße den Raum zu entweihen.

Ihn durchflutete ein warmes Gefühl, und das hatte nichts mit der Hitze draußen zu tun. Kay-Dante Pfeffer-Ulmen wähnte sich kurz vor seinem Lebensziel. Eine atemberaubende Dokumentation über ein bislang verborgen gebliebenes Juwel in Form einer schlichten Aufreihung großer Steine würde ihn weltberühmt machen, und wenige Kilometer entfernt vom Objekt würde ihr Schöpfer in der Hängematte schaukeln.

Ihn durchzuckte ein Gedanke, der ihm eine Gänsehaut auf

die Arme trieb. Wie lange überdauerte so eine Hängematte? Er erinnerte sich, durch das Dickicht die Umrisse eines Häuschens gesehen zu haben, eines, in dem man gemeinhin solche Dinge aufbewahrte. Vielleicht …

Wie hatte der *Stern* damals geschrieben und war damit fürchterlich auf die Schnauze gefallen? *Die Geschichte des Dritten Reichs muss neu geschrieben werden.*

Diesmal würde der Satz Gültigkeit erlangen! Durch ihn, Regisseur Kay-Dante Pfeffer-Ulmen aus Frankfurt.

Er war gründlich gewesen. So ein Fiasko wie dem *Stern* sollte ihm nicht passieren. Würde nicht!

Selbstverständlich hatte er recherchiert – tja, Möller, auch wenn du vielleicht nicht weißt, wie man dieses Wort schreibt, es gibt noch Menschen, die das betreiben! Penibelst!

Bei *Google* fand er Bestätigung für alles, was ihm die drei in *Lüders' Kroog* berichtet hatten.

Heydrich hatte eine Einheimische geehelicht (so unwahrscheinlich es sich auch anhörte), deren Pension *Imbria Parva* war 1969 durch einen Brand zerstört worden (Kurzschluss, hieß es), Himmler war tatsächlich 1935 vor Ort gewesen, um ebendiese Pension einzuweihen (Pfeffer-Ulmen fand sogar ein Foto, das den Reichsführer SS vor dem städtischen Rathaus zeigte).

Wie erwähnt, fehlten im Archiv der Lokalzeitung diesbezügliche Ausgaben, aus dem Goldenen Buch waren die Seiten zweier Jahrzehnte fein säuberlich herausgetrennt worden.

Formal vermisste er nur eins: einen gesicherten Nachweis über den Aufenthalt Adolf Hitlers auf der Insel, aber, Pfeffer-Ulmen hatte gelächelt, einen solchen durfte er nicht ernstlich erwarten. Diese wenigen Urlaubstage, die der arbeitswütige Mann ungestört sein wollte – es war von höchster Geheimhaltungsstufe auszugehen!

Der Makler und der Tischler merkten, wie gefangen der Dokumentarfilmer von der Atmosphäre dieses Raumes war, sahen sich an und zogen sich respektvoll zurück.

Dettmann hatte ihm versichert, dass besonders in diesem Zimmer alles unverändert geblieben sei. Der Tisch, das schlichte Bett, zwei Stühle, das war's! Mehr Komfort hatte der höchste Mann des Staates nicht nötig gehabt!

Vorsichtig öffnete Pfeffer-Ulmen eine unauffällige Schublade unter der Tischplatte – oh Gott! Was war das?

Eine Postkarte fiel ihm in die Hände – buchstäblich. Sie musste unter der Platte eingeklemmt gewesen sein und lag plötzlich auf dem Boden der Lade.

Es machte ihm Mühe, die Zeilen, die in winzig kleiner Sütterlin-Schrift verfasst waren, zu entziffern.

Lieber Addi,
es ist so einsam ohne dich hier auf dem Obersalzberg, aber ich wünsche dir natürlich einen schönen Aufenthalt auf deiner Trauminsel. Es ist erfreulich, dass du bei H. so gut untergebracht bist. Lass bloß die Finger von den fehmarnschen Frauen. Sie sollen ja sehr hübsch sein, wie man hört, und ehe du dich's versiehst, geht es dir wie Heydrich. Aber das war jetzt 'n Scherz.
Ich bin in Gedanken bei dir, mein geliebter Führer.
Apropos: Wann heiraten WIR endlich?
Deine Eva.
PS: Ich hätte dir gern noch mehr geschrieben, aber draußen jault Blondie, weil sie Hunger hat.

Pfeffer-Ulmen hielt die Pretiose in zitternden Händen. Nach über achtzig Jahren bekam ein Mensch diese Karte wieder zu sehen! Es war unglaublich! Sie war gut erhalten. Die Luft hier schien wirklich trocken zu sein. Er drehte sie um. Das abgebildete Gebirge kam ihm unbekannt vor. Es würde sich um die abgewandte Seite des Obersalzbergs handeln. Landschaftlich auch sehr reizvoll!

Dann stutzte er. Warum klebte eigentlich keine Briefmarke drauf? Warum gab es keinen Adressaten?

Sekunden später schlug er sich mit der Hand an die Stirn. Du Blödmann, schalt er sich. Eine Karte per Post an den anonym verweilenden Staatslenker, natürlich! Damit es auch jeder mitbekommt!

Sie würde per Geheimkurier auf die Insel gekommen sein.

Pfeffer-Ulmen versicherte sich, dass er unbeobachtet geblieben war und steckte die Karte unter das verschwitzte Hemd. Dann setzte er seine Besichtigung fort.

Dabei war ihm schon längst klar: Er würde dieses Haus kaufen, koste es, was es wolle!

20

Der Anschlag

Kräftig rot, schmutzig gelb, schwarz, grau. Wieder ein schwarzes, ein blaues. Normale, Kombis mit ausgeblichenen Sonnenblenden, Cabrios mit roten Ledersitzen. Sonnenbrillen, wehende Haare. Bunte VW-Busse. Hippies sicherlich. Röhrende Lkw, dreckige Wolken hinter sich. Schaukelnde Camping-Anhänger, Schokoriegel futternde Beifahrerinnen, die ihnen zuwinkten, am Steuer gestresst wirkende Männer. Hinten schlafende Kinder. Pappdackel, die Klopapierrollen mit Häkelmützen bewachten und ihren Verfolgern gleichmütig zunickten.

»FR?«, rief Hajo.

»Frankfurt!«, brüllte Sören zurück.

»Quatsch!«, korrigierte ihn Leif. »Freiburg. Frankfurt ist nur F.«

»WI. Wiesbaden. Der fünfte schon.« Arne machte einen Strich in sein Schreibheft. Quer über die ersten vier.

»Zuhause haben wir die ganzen Nummern aufgeschrieben«, maulte Hajo.

»Zuhause! In Altenkamp fährt alle fünf Minuten mal ein Auto durch. Das hier ist 'n anderer Schnack. Das sind zu viele.« Leif schaute runter. »HB. Bremen. Auch schon der dritte.«

»Ja, klar«, lachte Sören, »HB wie Bremen. Wenn, dann *Hinter Bremen*, du Dussel! Das ist *Hauptstadt Berlin*.«

»Ha, ha! Berlin! Unsere Hauptstadt ist Bonn, du Penner! Berlin hat nur B. HB heißt *Hansestadt Bremen*. Du hast überhaupt keine Ahnung, Sören! Hamburg hat zwei H. Ist auch 'ne Hansestadt.«

»Mann, wat 'n Haufen!«, staunte Hajo. »Ist Schichtwechsel im Hafen. Grad 'n Pott reingekommen.«

»Nee, nee!«, rief Leif. »Die fahr'n doch *hin!* Wenn einer angelegt hätte, wären sie doch auf der anderen Spur.«

»Ach ja! Has recht!«, sah Hajo ein.

Ein ewig langer Lindwurm, der sich Richtung Fährhafen bewegte. An- und abschwellender Motorenlärm im Sekundentakt. Lemminge, einander blind folgend.

»Werden langsamer«, stellte Leif fest. Er drehte sich zum Hafen um. »Doch, doch. Hajo hat recht. Die *Theodor Heuss*, glaub ich. Da kommen schon die Abfahrenden. Die hier müssen jetzt warten.«

Die Fahrzeuge verließen die Fähre – die Lkw, dann die Bahn aus dem Unterdeck. Wenn der Keller leer war, folgten die Pkw aus dem Erdgeschoss. Ging alles flüssig, wussten die Jungen, die so weit nicht gucken konnten. Aber sie kannten den Ablauf aus dem Effeff.

Sie wussten auch, wie ungeduldig die Anreisenden jetzt warteten, standen, viele stellten nicht mal den Motor ab. Stinkende Abgaswolken verpesteten die ohnehin stehende Luft.

»Gleich kommen sie!«, rief Leif. »Wir müssen rüber! Wer macht den Ausguck?«

»Ich bin dran, Käpt'n!« Sören salutierte vor dem *Schrecklichen*.

Die Jungen wussten, wie gefährlich es war, mal eben über die Brücke zu laufen. Hier oben hatten sie wegen der Krümmung einen schlechten Blick auf die Fahrbahn. Zum Glück war die Mauer, die die Straße von dem schmalen Fußweg trennte, hoch genug, damit man sich von oben einen ausreichenden Überblick verschaffen konnte.

»Ahoi! Alles frei!«, kam die Meldung aus dem Krähennest. »Wir können ablegen!«

Sie sausten auf die andere Seite, hüpften über die zweite Begrenzungsmauer und hatten nun Blick auf den fernen Fährhafen.

»Da!«, rief Leif. »Jetzt kommen die anderen.«

Nach einer Stunde gemächlicher Überfahrt kämpften die Boliden röhrend um die beste Startposition. Hajo sprang auf die Mauer, rollte die rechte Hand zusammen und brüllte in sein imaginäres Mikrofon. »Die Startflagge wird runtergesaust, und die Autos düsen los. Ganz rechts rast Clay Regazzoni auf seinem Ferrari die Straße längs, daneben versucht sein Stallfreund Niki Lauda mitzuhalten. Dahinter sehe ich schon Emerson Fittipaldi in seinem McLaren. Überholen kann er nicht, sonst kommt er in den Gegenverkehr.« Seine Freunde hatten stets den Eindruck, Hajo wäre deshalb immer so schweigsam, um seinen Atem für Gelegenheiten wie diese zu sparen. »Brrrööö! Wrrruuummm! Brrrauuuww!«, blies er die Wangen auf. Sein Arsenal an Motorgeräuschen war gewaltig und schüttelte seinen fülligen Leib kräftig durch. »Da! Was sehe ich? Graham Hill ist mit seinem Lola liegen geblieben. Ich glaube, er hat vergessen, zu tanken. Das ist eine ganz schlechte Stelle, denn die nächste Zapfsäule ist in Großenbrode.«

Als Hajo sein Mikrofon abschaltete, erreichten die ersten Wagen bei anschwellendem Lärm die Meiereibrücke.

So geschwind sie konnten, kritzelten die Kinder die Kennzeichen aufs Papier. Vergleichen mit denen, die sie schon hatten, wie in den Ortsstraßen, wo einer zur Post fuhr und später zurück, war nicht drin. Ging alles zu schnell.

Wieder hatte Arne sie beim Hinüberlaufen gesehen, die drei kleinen, schwarzen Kreuze auf der Mauer ziemlich auf dem Scheitel der Brücke. Und das Datum, das mit der Zeit unleserlich geworden war. Sogleich hatte er an die Worte von Nico gedacht: *Nicht selten bringt der Fortschritt Menschen um.*

Er war noch nicht lange auf der Welt, als das Unglück geschah, bei dem die drei Kinder starben. Durch ein zu schnelles Auto, hatte es geheißen.

Jedes Mal, wenn er über die Brücke fuhr oder hier stand und Kennzeichen aufschrieb, fielen ihm die Kreuze früher oder später ins Auge. Er wollte es nicht, es passierte einfach. Er versuchte wegzuschauen, aber sie zogen seinen Blick magisch an.

Und heute, heute geschah es.

Er wusste nicht, woher auf einmal diese große Wut kam, die ihn packte. Bestimmt hatten Nicos Worte damit zu tun. Sein Herz schlug schneller, er merkte, wie ihm die Abgase der vielen Autos da unten in die Nase stiegen und Übelkeit verursachten. Schwindel ergriff ihn. Ohne nachzudenken, beugte er sich über die kleine Mauer und sammelte eine Handvoll Steine aus dem schmalen Kiesbett. Dann stellte er sich wieder an das Geländer, und bevor er hinabschauen konnte, verließen diese Steine seine Hand. Ganz von selbst. Sekundenbruchteile später, als er unten auf der Straße das Jaulen schlingernder Reifen und das Kreischen bremsender Autos vernahm, verließ ihn die Wut, und an ihre Stelle trat ein unbändiger Schrecken. Die Angst machte seine Knie weich.

»Mann, der ist doch besoffen!«, hörte er Sören rufen. Arnes Wurf war ihm entgangen. Wie auch Hajo, der einfach nur lachte, wie Kinder es oft taten, wenn ihnen eine Situation nicht bewusst war. »Bestimmt zwei Promille.«

Leif aber, der dicht neben Arne stand, hatte gesehen, wie dessen Hand einen ganz kurzen Ruck machte und sich öffnete. Es war ihm vorgekommen wie ein natürlicher Reflex oder als ob sich eine Verkrampfung löste. Er schaute seinem Bruder in das fahlweiße Gesicht, sah, dass Arne zitterte und ihm Tränen in die Augen schossen. Sein Mund stand weit offen.

Leif rief nur ein Wort: »Weg hier!« Hajo und Sören sahen Arne an, blickten nach unten auf die Straße und begriffen, was passiert war.

»Nix wie weg!«, brüllte Leif noch einmal. Die drei rannten die Brücke hinab. Die Fahrräder standen unten an der alten Meierei. Auf halber Strecke merkte Leif, dass sein Bruder ihnen nicht folgte, blieb stehen und drehte sich zu ihm um. »Komm, Arne! Schnell!«

Der nahm die Worte wahr, aber seine Beine waren wie gelähmt. Als wären sie dort oben auf der Brücke, in Sichtweite der drei verblichenen schwarzen Kreuze, als wären sie da festgewachsen.

Dann erst löste er sich aus der Starre, konnte aber weiterhin nicht weglaufen. Er hielt sich am Geländer fest und sah hinunter auf die Straße. Als er wieder einen klaren Gedanken fasste und die Augen ihm signalisierten, dass es diesmal keine Toten gab, es nicht mal einen Aufprall gegeben hatte, dass die Fahrer der nachfolgenden Autos geistesgegenwärtig zur Seite ausgeschert waren – er hätte froh sein sollen. Sich freuen sollen. Jubeln sollen.

Aber der Schock war zu groß gewesen, und Kinder, wie Arne eines war, hatten es schwer, den Weg zurück zum rationalen Denken zu finden, wenn ihnen nicht einmal klar sein konnte, wenn das Gehirn ihnen nicht zu erklären vermochte, was mit ihnen geschah.

Wie durch einen Schleier sah Arne den Mann, einen jungen, kräftigen, sportlichen Mann von der E4 die Böschung hinaufhasten und plötzlich war er, als er erkannte, was nun passieren würde, froh, verließ ihn die Angst. Er freute sich. Innerlich jubelte er. Das Blei, das ihm die Beine und das Herz beschwerte, dieses Blei, es schmolz jetzt, und Arne fühlte, wie seine Wut ausgelöscht war und dass er in Zukunft nicht mehr auf die schwarzen Kreuze würde starren müssen.

Es war ein Unglück gewesen, eine traurige Verkettung von Zufällen. Es war passiert. Es war dort geschehen, dort in der Mitte der Brücke, wie es jeden Tag auf tausenden Straßen, auf dutzenden Brücken passierte. Es hatte zu tun mit Kindern, die von der Entwicklung überrollt wurden wie immer neue Straßen von immer mehr und immer schnelleren Autos. Und diese Kinder trugen keine Schuld am Unglück anderer. Sie waren Opfer der Schuld.

Die Schuld trug der unvermeidliche, der logische, der nicht aufzuhaltende Fortschritt. Der Fortschritt, den der Mensch vorantrieb und dem er ständig hinterherlief.

Abends beichtete Arne seinen Eltern die begangene Missetat. Er ging diesmal nicht zuerst zu Nico, nein, er wandte sich an seine Eltern, denen er von dem jungen Fahrer berichtete, der ihn an den Armen gepackt, ihm dabei aber nicht wehgetan, ihn nur fürchterlich ausgeschimpft hatte, dessen Stimme nach und nach leiser wurde, weil er selbst Vater von zwei Kindern in Arnes Alter war, und der ein Gespür dafür hatte, was er Arne sagen sollte, ohne ihn zusätzlich zu verstören oder ihn gar in einen kindlichen, einen sich manifestierenden Trotz zu treiben.

Er hatte dem Jungen *gesagt*, dass er über eine Grenze getreten sei, ihm *klargemacht*, was das für Folgen hätte haben können, ihn *beschworen*, über seine Tat nachzudenken. Er hatte mit Arne gesprochen wie mit einem Erwachsenen und ihm nicht seine kindliche Unbedachtheit und Unbedarftheit um die Ohren gehauen.

Besonders schwer fiel es Arne, seinem Vater zu beichten, dem gerechten, gesetzestreuen Vater, der seinen Buben eingeschärft hatte: *Wenn ihr nichts Unrechtes tut, wird euch auch nichts Unrechtes geschehen.*

Arne hatte Unrecht getan, hatte Steine auf ein Auto geworfen, das genau in diesem Moment unter der Brücke war, und die Steine trafen eine unschuldige Familie, ganz zufällig, unbeabsichtigt. Und er kam ohne eine schwere Strafe davon.

Er dachte an den Tag, an dem er mit Levke an der Adolf-Hitler-Mole gesessen und sie ihm verraten hatte, dass ihr Großvater im Gefängnis gewesen sei. Nico war eingesperrt worden, ohne ein Verbrechen begangen zu haben. Sein Vergehen bestand einzig und allein darin, dass einigen Menschen seine Nase nicht gepasst hatte.

Wenn ihr nichts Unrechtes tut, wird euch auch nichts Unrechtes geschehen.

Der Mann, dem er die Steine auf das Auto geworfen und der ihn dafür nur mit Worten bestraft hatte, hätte ihn für dieses Verbrechen im Handumdrehen ins Gefängnis bringen können! Und wenn der Mann dabei gestorben wäre und mit ihm seine Frau und seine zwei Kinder in Arnes Alter, dann hätte das für ihn sicher *Lebenslänglich* bedeutet!

Es war unerheblich, ob Nico etwas Unrechtes getan hatte oder nicht, er wäre in jedem Fall eingesperrt worden.

An diesem Tag verstand Arne den Unterschied zwischen Fortschritt und Stillstand, zwischen Recht und Unrecht nicht mehr, in seinem Hirn herrschte ein großes Durcheinander und seine Eltern, die auch nur mit ihm schimpften und ihm sagten, dass er froh sein könne, an einen so netten Mann geraten zu sein, das wäre nicht selbstverständlich, ihren Sohn ansonsten umarmten, was ihn tröstete, Leif aber ziemlich ärgerte; diese seine Eltern hätten ihm bei seinem Problem auch nicht helfen können.

21

Der verwunschene Garten

»Ick glööv dat nich!« Verzweifelt presste Ole Hinrichs die Hände gegen die Schläfen. »Ich fass es einfach nicht!«

»Ole, wir konnten doch nicht wissen …«

»Ihr Dösbaddel! Wisst ihr, was ihr gemacht habt? Oh, Mann! Das gibt's doch nicht!«

»Du hättest ja mal was sagen können!«, erwiderte Ernst Naujoks. »Wir haben natürlich gedacht, wir machen dir eine Freude.«

»Das haben wir doch auch!«, bekräftigte Sören Dettmann. »Hundertzwanzigtausend für die alte Bruchbude.«

»Lat na, Sören!«, blaffte Hinrichs zurück. »Das einzige, das dich interessiert, ist doch deine Provision! – Hundertzwanzig? Wisst ihr, was das Grundstück wert ist? Mit dem, was draufsteht?«

»Hör zu, Ole! Für deinen illegalen Scheiß können wir doch nichts«, polterte Naujoks. »Sei bloß froh, dass Sören so schnell geschaltet hat. Wir wissen nicht mal, ob Kante auf das Märchen reingefallen ist.«

Hinrichs ballte die Fäuste. »Sören, du musst den Kauf rückgängig machen!«

»Der riecht doch Lunte. Pfeffer-Ulmen ist nicht dumm. Er weiß selbst, dass er einen viel zu hohen Preis bezahlt. Wenn du vom Kauf zurücktrittst, reimt er sich doch die Wahrheit zusammen.«

»Wat maak ick denn nu?«

Das war eine gute Frage. Eine, die sich noch nicht stellte, als Pfeffer-Ulmen Dettmann tags zuvor anrief, er wolle letzte Details klären und dann den Vertrag unterschreiben. Mit Freuden vernahm der Makler, dass der Regisseur über den geforderten Preis nicht mehr zu verhandeln gedachte.

Sören war zwar nicht begeistert, als Pfeffer-Ulmen zunächst einen Gang über das Grundstück wünschte. Ernst Naujoks aber hatte zustimmend genickt, und so musste Dettmann sich wohl oder übel anschließen.

Die beiden staunten nicht schlecht, als Pfeffer-Ulmen eine Machete aus seinem Leihwagen holte, die ihm Hajo Lüders in Windeseile per Internet bestellt hatte.

Mit kräftigen Hieben machte der Filmer den Weg frei. Büsche, Stauden, Gräser – seit Jahrzehnten offenbar hatte keine menschliche Hand auf diesem Terrain gewirkt. Pfeffer-Ulmen war sogar so umsichtig gewesen, mehrere dünne Hemden einzupacken, die er im Minutentakt wechselte.

Dettmann und Naujoks waren beeindruckt von der Zielstrebigkeit, mit der sich der Neubesitzer eine Schneise durch diesen Urwald schlug.

Plötzlich – zur Überraschung der Männer – lichtete sich der Garten und man wurde großer Beete mit übermannshohen Stauden gewahr, Stauden, die unter mächtigen Bäumen standen. Die Kronen dieser Bäume boten so viel Schatten, dass die Hitze den Pflanzen wenig ausmachte, ließen aber trotzdem genug Sonnenlicht durch, um sie wachsen zu lassen.

»Was ist das?«, fragte der verblüffte Pfeffer-Ulmen seine Begleiter. Auch die konnten eine Zeitlang nur auf die Pflanzen starren und nichts sagen.

Sören Dettmann reagierte am schnellsten. »Unglaublich!«, entfuhr es ihm. »Das hätte nun wirklich niemand erwartet.« Er schüttelte den Kopf.

»Wovon sprechen Sie?«

»Es ist Cannabis. Sehr schöne Stauden. Tja – das fehmarnsche Klima ist schon was Besonderes.«

»Was meinen Sie damit, Herr Dettmann?«

»Cannabis ist eine Pflanze, die …«

»Herrgott, ich weiß, was Cannabis ist, Mann!«, herrschte der Regisseur ihn an. »Das seh ich selbst, dass es sich um Cannabis handelt. Was macht das Zeug hier? Hätte ich gewusst, dass auf meinem Grundstück illegales Treiben …«

»Beruhigen Sie sich, Herr Pfeffer-Ulmen! Hier ist nichts illegal. Es ist alles so legal wie erstaunlich.«

»Sie sprechen in Rätseln.«

Der Ansicht war auch Ernst Naujoks, der mit gerunzelter Stirn dem Dialog folgte, sich aber nicht äußerte.

»Dann werde ich Sie ins Bild setzen«, lächelte Sören Dettmann. Er sah Pfeffer-Ulmen in die Augen. »Ihnen wird sicher bekannt sein, dass Adolf Hitler an einer kleinen Unpässlichkeit litt, stimmt's?«

»Hitler?« Pfeffer-Ulmen schaute auf die prächtigen Stauden. »Was hat der damit zu tun?«

»Ich bin dabei, es Ihnen zu erklären. Also – wissen Sie es oder soll ich …«

»Selbstverständlich weiß ich das! Der Führer hatte … nun ja … er litt unter starken Blähungen. Warum?«

Dettmann holte tief Luft. »Als er seinerzeit hier Urlaub machte, war er sofort angetan von diesem Fleckchen Erde. Er entschloss sich, Fehmarn als ständiges Urlaubsdomizil zu wählen. Wie immer auf seinen Reisen war sein Leibarzt Morell mit von der Partie. Der hatte schon längere Zeit nach einem Mittel gegen die kleine Darmschwäche des Führers gesucht und war einer der Ersten, die die heilsame Wirkung von Cannabis erkannten und erprobten. Damit hatte er großen Erfolg und schlug Hitler vor, eine Urlaubsration anzulegen.«

»Ich beginne zu verstehen. Aber … woher wissen Sie das eigentlich?«

Dettmann zeigte auf Naujoks. »Hat Ernst Ihnen nicht von Hitlers Bekanntschaft zum Vater des Verkäufers …? Hat er. Gut. – Sehen Sie diese Erdanhäufungen, auf denen die Stauden stehen? Um zu gewährleisten, dass die Pflanzen nicht zu schnell wachsen, hat man den Samen tief in den Boden gesteckt. Der Führer plante, jeweils im Sommer zu kommen und unter normalen Umständen wären die reifen Pflanzen dann schon verdorrt. Morells Idee war es, diesen Wall daraufzusetzen, um das Wachstum zu verlangsamen, aber er hatte sich gründlich verrechnet. Jahre später war noch nichts gekommen und Hitler kam auch nie wieder auf die Insel.«

»Und irgendwann«, setzte Naujoks den Gedanken fort, »ohne,

dass es jemand bemerkte, muss das Zeug den Erdwall durchbrochen haben. Nicht zu fassen! Ein Wunder der Natur!«

Pfeffer-Ulmen und Dettmann nickten beipflichtend, wobei letzter sich den Schweiß von der Stirn wischte. Diese Hitze!

»Und, Kay«, fuhr Naujoks fort, »wie heißt es so schön: *Was damals rechtens war, kann heute nicht Unrecht sein.* Erinnerst du dich? Du kannst also, wenn du Lust und Bedarf verspürst, die Dinger weiterwachsen lassen und sie – mit dem Hinweis auf ihren ursprünglichen Zweck – auch ernten. Eventuell sogar veräußern. In wenigen Jahren hättest du den Preis für das Anwesen wieder raus. – Apropos: Wie sieht es mit deiner Darmflora aus? Irgendwelche Probleme?«

»Ihr schenkt ihm auch noch meine Pflanzen?« Ole Hinrichs geriet langsam in Rage. »Wisst ihr, was mich der ganze Spaß gekostet hat? Allein die Touren nach Kopenhagen und immer die Angst, die kriegen mich am Arsch. Und das soll ich jetzt alles aufgeben?« Er erhob sich aus dem Sessel. »Nee! Ich buddele die Dinger aus!«

»Dann bist du erledigt, Ole!«, mahnte Dettmann. »Oder soll ich ihm erzählen, Hitlers Urenkel stehen auf der Matte und wollen ans Erbe? So dumm, das zu glauben, ist nicht mal ein Frankfurter.«

Hinrichs sah ein, dass Sören recht hatte. Er begann, im Wohnzimmer auf- und abzuwandern und zermarterte sich das Hirn nach einer Lösung.

»Vielleicht …«, wollte Dettmann vorschlagen, merkte aber, dass sein Plan nicht aufging und schwieg.

»Ha!« Hinrichs blieb abrupt stehen und wirbelte zu seinen Gästen herum. »Ich hab's!« Dann schaute er aus dem Fenster. Am Himmel war weiterhin keine Spur von Wolken zu sehen. Die Sonne brannte gnadenlos auf die Häuser und Straßen der Insel. Die Luft stand flirrend über dem Asphalt, der an einigen Stellen weich war.

»Irgendwann geht auch dieser Jahrhundertsommer zu Ende«, sagte Hinrichs leise. »Und wenn mich nicht alles täuscht und die

Temperaturen noch weiter steigen, wird er sich mit Pauken und Trompeten verabschieden. Das war immer so und wird sich auch durch den Klimawandel nicht ändern.«

»Mit Pauken und Trompeten meinst du Donner und Blitz, richtig?«, fragte Naujoks.

Hinrichs sah ihn mitleidig an. »Du bist ein kluges Kerlchen, Ernst«, sagte er sarkastisch. »Hätte ich gar nicht von dir erwartet.«

Der überging die Häme. »Und dann?«

»Na ja, Cannabispflanzen für sich verursachen keinen Kurzschluss und die Berieselungsanlage habe ich in die Scheune gebracht. Wenn aber so ein Blitz in knochentrockene Halme fährt wie vor drei Jahren in Matthäus' Weizenfeld und der Wind das seinige tut ... Ich kenn da ein paar Leute ...«

»Genau!« Jetzt war die Reihe an Ernst Naujoks, höhnisch zu werden. »Du kennst da ein paar Leute, und du sagst den Leuten, und die Leute sagen ja, weil du ihnen ordentlich was auf die Hand legst.«

»Du bist so ein Kleingeist, Ernst Naujoks!«, schimpfte Ole Hinrichs, um seinen Mund dann zu einem boshaften Lächeln zu verziehen. »*Du* musst deinen Anteil ja auch nicht nehmen. Du *musst* ganz und gar nicht. Du kannst deine Hand gern geschlossen halten.«

Naujoks schwieg betreten.

Hinrichs wirkte genervt. »Um es kurz zu machen: Meine Leute werden in einer Nacht- und Nebelaktion – Pfeffer-Ulmen wird ja nicht so oft auf der Insel sein – den Großteil der Pflanzen ausgraben und der Restbestand wird dann von einem überaus starken Hitzegewitter entsorgt. Von einem, das vom Garten rein gar nichts mehr übriglässt. – Auf Anhieb verstanden, Ernst?«

Er kassierte einen gestreckten Mittelfinger, was ihn herzlich lachen ließ. »Wunderbar! Irgendwelche Einwände?«

Sören Dettmann zuckte mit den Schultern. »Du musst wissen, was du tust.«

22

Wild ist der Westen

Nachdem ihm die Squaw *Liebliche Grasnelke*, nach Spielschluss Norma Wielandt, das Gesicht mit Farben aus ihrem Tuschkasten bemalt hatte, Streifen für Streifen, abwechselnd rot und blau, dazu auf die Stirn einen weißen Punkt, schimpfte der Krieger *Der mit dem Messer schneidet*: »Ein Tipi hat oben ein Loch, damit der Qualm abzieht.« Was nütze den tapferen Indianern vom Stamm der Sioux ein Zelt, wenn's kein Loch habe?

»Sju!«, sagte Arne.

»Hä?«

»Man sagt nicht *Sieocks*, es heißt *Sju*. Das schreibt sich nur so komisch.«

»Meinetwegen!«, maulte Hajo. »Aber Loch schreibt man wie Loch, oder?«

»Dieses Zelt hat aber keins. Nur vorne«, antwortete Häuptling *Grollender Donner am Deich* für seinen Bruder. »Du weißt genau, dass wir kein Feuer machen dürfen. Schon gar nicht im Zelt. Das ist nur geliehen und Ole Hinrichs will das wiederhaben. Ohne Brandloch.«

»Wenn Manitu das sieht, was wir für bescheuerte Indianer sind, lacht er sich tot.«

»Nein!«, antwortete *Kleine Feder am Strand*, »der freut sich, dass wir'n bisschen aufpassen.«

»Was weißt du denn schon, Levke! Wir sind Wilde!«, rief Sören, der den Namen *Augen aus dickem Glas* trug. Die anderen Krieger hatten sich gegen seinen Vorschlag *Adlerauge* durchgesetzt. Gäb's schon zu oft und passe auch nicht zu ihm. »Wir müssen nun mal Feuer im Zelt machen. Oder meinst du, Indianer haben 'ne Zentralheizung?«

»Es sind dreißig Grad, Sören.«

Das Leben im Reservat gestaltete sich nicht immer einfach,

zu verschieden waren die Meinungen im stolzen Volk des roten Mannes. Und der bleichen Squaw. Aber warum sollte es im Wilden Westen anders zugehen als auf hoher See?

»Was macht Ole Hinrichs eigentlich mit einem Zelt?«, fragte Hajo.

»Der ist viel auf Achse. Da oben meistens.« Leif zeigte nach da oben, wo Skandinavien lag. »Der war auch schon öfter in Kopenhagen.«

Ehrfürchtige Stille herrschte plötzlich im Reservat. Kopenhagen!

»Im Tivoli?«, fragte Norma.

»Keine Ahnung. Neulich hat er gesagt, da gibt es einen Ortsteil, der Christina heißt oder so. Da soll man toll einkaufen können.«

»Ooohh!«, machte *Kleine Feder am Strand*, »dänische Salzlakritze? Die schmecken wahnsinnig gut. Ich würde auch gern mal nach Christina.«

Buntbemalte Gesichter sahen über den Belt, wo sich die dänische Küste hinter einem Dunstschleier verbarg. Sie alle träumten denselben Traum. Es war doch gar nicht so weit bis nach Kopenhagen, und trotzdem schafften sie es einfach nicht.

»Gäb es da 'ne Brücke, wär man ratzfatz drüben«, stellte *Grollender Donner am Deich* fest.

»Schön war sie, die Prärie. Alles war wunderbar. Da kam an, weißer Mann, wollte bauen Eisenbahn.«

Alle Augen richteten sich auf Arne.

»Was singst du denn da?«, fragte *Liebliche Grasnelke*.

Arne lief rot an. »Das hab ich von Nico. Der hat das aber nicht zuerst gesungen. Das ist von Gus Backus … ach, nee! … *Gass Bäckes*. Ein Schlagersänger.«

»Und worum geht es da?«

»Es geht darum, dass die Menschen immer mehr bauen, um überall schneller da zu sein.«

»Auch in Kopenhagen?«, fragte Hajo.

»Klar. Aber immer mehr Straßen und Brücken bedeuten auch mehr Gefahr. Und dass die Tiere immer weniger werden. Sagt Nico.«

Leif lachte. »Was haben denn die Tiere damit zu tun, wenn ich schneller in Kopenhagen bin?«

»Weil du mehr Lärm machst«, antwortete Arne seinem Bruder. »Also, *du* machst nicht mehr Lärm, aber die Leute, die die Straßen bauen. Das können die Vögel nicht ab. Und die Fische sind auch nicht begeistert, wenn die Menschen 'ne Brücke quer über den Belt bauen.«

Wieder kicherte Leif. »Wieso? Meinst du, die kommen da nicht unter durch?«

»Nico meint ...«

»Nico! Nico! Ich kann den Namen nicht mehr hören! Dein Freund Nico ist ein ganz schöner Spinner!«

Mit einem Aufschrei rannte Levke auf Leif los und trommelte mit ihren Fäusten gegen seine Brust. »Mein Opa ist kein Spinner! Du! Du bist ein ... ein Idiot!«

Der überraschte Leif hielt ihre Hände fest. »Hör auf, Levke! Das ändert nichts. Dein Großvater hat wirklich 'ne Meise!«

»Hat er nicht! Soll ich dir erzählen, was er damals ...« Sie biss sich auf die Lippen und drehte sich weg.

»Das kannst du ruhig!«, rief Leif. »Erzähl mal. Was war denn damals? Sag schon!«

»Lass sie in Ruhe, du Klotz!«, drohte Norma und nahm Levke in den Arm. »Hör nicht auf ihn. Der ist doof.«

»Pass auf, Levke«, sagte Leif, bereit, mit ihr die Friedenspfeife zu rauchen, »du möchtest gern mal nach Kopenhagen und Salzlakritze kaufen. Dann darfst du auch nichts dagegen haben, wenn es eine gute Verbindung gibt, verstehst du?«

»Aber da sind doch Fähren, Leif. Gegen die haben die Fische nichts.«

»Das dauert viel zu lange. Du willst nach Kopenhagen, dann zum Tivoli, dann nach Christina, dann auch noch Salzlakritze kaufen. Weißt du, wann du dann wieder zuhause bist? Ich würde die Lakritze jedenfalls nicht mehr essen. Die ist dann nämlich steinhart.«

Kleine Feder am Strand hatte ihm widerwillig, aber aufmerksam zugehört. Hinter ihrer Stirn arbeitete es. Was war ihr nun lieber? Dass die Tiere nicht weniger wurden oder Lakritze, die noch frisch war, wenn man nach Hause kam? Die Wahl war sehr schwer, denn sie liebte Salzlakritze über alles. Besonders dänische.

»Oh!«, rief Norma. »Da kommt die Neue!« Sie zeigte auf ein Mädchen mit kurzen schwarzen Haaren, das den Deich hinabgesaust kam und fröhlich winkte.

Die anderen Kinder hatten schon gehört, dass die Volksschulklasse eine weitere Schülerin bekomme. Sie stammte aus Lübeck und hieß Nele. Nele Grootmaak. Ihr Vater war bei der Bundesbahn und hatte sich nach Fehmarn versetzen lassen. Er arbeitete jetzt am Fährbahnhof Puttgarden, und sie wohnten auch in Altenkamp. Norma hatte sie schon kennengelernt und sich auf Anhieb mit ihr gut verstanden.

Häuptling *Grollender Donner am Deich* fragte, welchen Indiannernamen sie haben wolle.

Glänzender Spiegel, antwortete sie.

Die anderen waren erstaunt über diesen Namen und Nele erzählte ihnen, dass ihre Mutter Friseurin sei, deshalb wolle sie so heißen. Neles Mutter eröffne in Altenkamp einen Salon, und jeder mit zu langen Haaren könne den besuchen. Sie selbst habe auch schon Leuten die Haare gewaschen. Schneiden erlaubte ihre Mutter noch nicht. Und eigentlich wäre sie lieber in Lübeck geblieben.

Nele kam den Brinkkindern etwas drollig vor, aber sie merkten, dass sie ganz schön schlau war.

Der Krieger *Augen aus dickem Glas* machte ein Gesicht wie sieben Tage Regenwetter – noch ein Mädchen! Bääh! Wenn das so weiterging, würden sie weder mit den Cowboys fertig werden noch Büffel fangen. Und überhaupt. Er hatte niemandem die Haare gewaschen, dafür kannte er sich mit Feuermachen ohne Streichhölzer aus. Gemacht hatte er das auch noch nicht, aber er wusste, wie es ging. Er brauchte das ja nicht zu machen, weil das Zelt oben kein Loch hatte.

»Warst du schon mal in Kopenhagen?«, fragte *Kleine Feder* die Neue.

»Na klar!«, bekam sie zur Antwort. »Mit meinen Eltern. Im Tivoli. Es war herrlich!«

»Und das sollen wir dir glauben?«, muffelte Sören. »Und wenn schon. Ist doch nichts Besonderes.«

Die anderen aber sahen sie neidvoll an.

»Hast du da auch Salzlakritze gegessen?«, fragte Levke neugierig.

»Nö. Mag ich nicht.«

»Was? Das gibt's doch nicht! Wie kann man Salzlakritze nicht mögen?«

»Womit seid ihr gefahren? Wie lange wart ihr denn unterwegs?« Es war ganz schön viel, was der Häuptling auf einen Schlag fragte.

Nele, die noch nicht wusste, welchen Rang Leif Johnsen bekleidete, antwortete: »Warum willst du das wissen?«

»Wir haben gerade darüber gestritten, ob es besser ist, schneller nach Kopenhagen zu kommen oder mit dem Schiff.«

»Wir sind mit der Bahn gefahren, weil mein Vater zwei Freitouren im Jahr bekommt. Mit der ganzen Familie. Wir sind morgens losgefahren und waren nachmittags in Kopenhagen. Die Schiffstour war das Schönste. Die Ostsee war ganz ruhig, und die Sonne schien auf die Wellen. Ich hab mir original 'n Sonnenbrand geholt.«

»Und ihr seid ungefähr sechs Stunden gefahren? Eine Tour?«

»Acht. Meistens mit 'm Bummelzug.«

»Siehst du, Levke. Acht Stunden. Vier Stunden Kopenhagen, acht Stunden zurück. Das sind zwanzig Stunden. Das heißt, du kannst noch vier Stunden schlafen und pennst am nächsten Tag im Unterricht ein. Wenn du überhaupt schlafen kannst, weil du noch alte Salzlakritze gegessen hast und davon Bauchschmerzen kriegst.«

»Ich hol mir aber lieber einen Sonnenbrand als zwischen stinkenden Autos zu sitzen.«

»Du kannst doch auch mit dem Zug fahren. Auf einer Brücke gibt es Schienen.«

»Trotzdem. Ich will nicht, dass die Fische sich den Kopf an den Brückenpfeilern stoßen und sterben.«

»Oh, Levke! Frag mal deinen besten Freund Arne. Der fängt auf der Adolf-Hitler-Mole Knurrhähne und du isst sie zuhause auf.«

Kleine Feder am Strand wusste nun nichts mehr zu sagen. Leif hatte leider immer so recht. Nur nicht damit, dass Nico ein Spinner war. Das war er ganz und gar nicht. Sie würde gern damit rausplatzen, was sie in Opas Brief an ihre Mutter gelesen hatte. Aber das konnte sie einfach nicht.

23
Aufklärung

»*Beltbester Imbiss*« versprach die Rundschrift auf einer Flagge, die sich bei leichter Brise lesbar entfaltete. Einzelne Kumuluswolken trieben sich am Himmel herum, reinweiße Wolken, die weiterhin keinen Regen verhießen. Der endlose Sommer demonstrierte noch einmal seine ganze Macht.

Vom Deich hinab hatte man durch Schneisen, die in die Dünen gelassen waren, Blick auf den weißen Strand und die Sandbänke. Sie waren nahezu frei von Wasser und wurden von Menschen bevölkert, die Badekleidung trugen, wo doch die hochgekrempelte Hose genügt hätte. Kleine Kinder und solche im Säuglingsalter schleppten quietschbunte Eimer und Schaufelchen, bastelten an Sandburgen oder bewarfen ihre Geschwister mit dem Baustoff. Die Eltern wachten mit Argusaugen, es war aber nicht notwendig, sich in unmittelbarer Nähe der Zöglinge aufzuhalten. Am Grünen Brink war die Ostsee freundlich und kindgerecht, es gab keine verborgenen Tiefen oder heimtückischen Priele.

»Die Kinder von damals wieder vereint am Brink«, sagte Sören. »Alle sieben. Wie viele Jahre ist das her?«

Leif musste nicht lange rechnen. »Rund fünfundvierzig.«

Levke schaute auf den Rundbau, der hoch oben auf dem Deich stand und an eine Pagode erinnerte, wie man sie eher im Fernen Osten vermutete. Er beherbergte das kleine Bistro. »Es hat sich einiges verändert.«

»Und lauter ist es geworden«, stellte Hajo Lüders fest.

»Das sagst *du*?«, lächelte Arne. Er hob die Hand hinter das Ohr. »Stimmt. Ein Lärm wie im *Kroog*.«

»Da drüben habe ich mal einen Uhu gesehen«, sagte Levke und zeigte auf das kleine Schleusenhäuschen Dutzende Meter weiter. »In dem Baum rechts vom Teich hat er gesessen. Wahnsinn, wie der gewachsen ist! Aber das müsste er sein.«

»Einen Uhu?« Norma reichte ihr einen Cocktail vom Tablett. »Das waren noch Zeiten. Sowas siehst du hier heute gar nicht mehr.«

»Tja, es werden weniger.« Leif Johnsen versank, sein Glas in der Hand, vorsichtig im Strandkorb. »Und das hat nichts mit dem Tunnel zu tun, Freunde. Den gibt's noch nicht.«

Nele Grootmaak schoss im benachbarten Korb nach vorn. »Wenn der mal da ist, Leif, werden wir nicht nur den Uhu vermissen.«

»Könnt ihr nicht aufhören, ständig zu dramatisieren? Das ist doch nicht der erste Unterwassertunnel, der gebaut wird. Und was ist passiert? Ist schon mal ein Schiff in den Eurotunnel gebrettert? Und weder Schweinswale noch …«

»Leute! Bitte!« Energisch hob Levke die Hand. »Das ist ja wie damals! Ich habe euch nicht zusammengetrommelt, damit ihr euch die Augen auskratzt. Lasst uns dieses Thema ausklammern und an die Zeit denken, als wir Kinder waren und hier schöne Stunden verbracht haben. Wenn nicht grade Mord und Totschlag herrschte.« Es war wie damals. Sie war diejenige, die ihre Freunde davon abhalten musste, sich die Schädel einzuschlagen.

»Trotzdem!«, schürte Sören weiter, »Ich kann diesen Scheiß nicht mehr hören! Leif hat recht! Diese verschlafene Insel muss endlich Kontakt zur Außenwelt aufnehmen. *Hallo! Ist jemand da draußen?*«

»Du denkst doch nur an deine Geschäfte, Mann!«, fauchte Arne.

»Ich fass es nicht!« Um ein Haar wäre Norma das Glas entglitten. »Hätte ich gewusst, dass sich alles um Pro und Kontra Tunnel drehen würde, wäre ich nicht hergekommen.«

»Du hast wie immer recht, Norma«, sagte Nele. »Also, ich trinke auf unsere gute alte Freundin Levke Nissen, gewesene Petersen.«

Gläserbewehrte Hände schoben sich aus den frei verfügbaren Strandkörben. »Prost, Levke!«, klang es im Chor.

»Schön, dass du zurück bist«, lächelte Norma. »Ich habe dich vermisst.«

Sie tranken, und die Angesprochene sah ihre Gefährten der Reihe nach an. »Ich möchte mit euch eigentlich über was anderes reden als über unsere Kindheit. Schon gar nicht über den Tunnel.«

»Ich bin gespannt«, sagte Arne.

Levke nickte langsam, schaute auf die Ostsee, auf die Schiffe, die, aufgereiht wie Perlen auf der Schnur, gemächlich an der Silhouette der dänischen Küste vorbeizogen.

»Tja, ich weiß nicht so recht, wo ich anfangen soll. – Ihr habt damals ...« Sie lächelte. »Nun muss ich doch kurz zurück in die Siebziger. – Ich hatte manchmal Andeutungen über mein Vorleben gemacht, erinnert ihr euch?«

»Hört sich imposant an«, sagte Sören, »wenn eine Zehnjährige über ihr Vorleben spricht.«

»Lass sie reden«, herrschte Arne ihn an.

»'tschuldigung.«

»Oh, bitte!« Levke prustete laut. »Dass ich *dieses* Wort mal von dir hören würde, Sören, hätte ich nie erwartet.«

Ein verkniffenes Lächeln zierte sein errötendes Gesicht. »War ich so schlimm?«

»Du *warst* nicht nur, Baby«, sagte Nele trocken.

Das schrille Gelächter der *Lieblichen Grasnelke* stieg zwischen den Strandkörben empor wie der Rauch aus einem Wigwam. Es wirkte ansteckend auf die anderen Krieger. Für einen Moment fühlten sie sich zurückversetzt in die Weiten des Westens, dorthin, wo sie sich des Ansturms der weißen Siedler und der *Union Pacific Railroad* hatten erwehren müssen. Sogar *Grollender Donner am Deich* fiel singend in das Lachen ein. »*Seine Frau nahm den Pfeil, stach ihm ins Hinterteil.*« Das Lachen schwoll zum Orkan an.

»Okay.« Levke hob lächelnd die Hände und bat um Ruhe. »Ja, Sören, ich hatte ein Leben vor meinem zehnten Geburtstag. – Wie ihr wisst, bin ich damals auf Opas Arm gesessen, als er an die Tür von Johnsens Hof geklopft hatte.« Sie sah Arne und Leif an. »Ohne eure Familie hätte er die Insel wieder verlassen. Das hat er mir später einmal gesagt. – Wenn jemand ihn gefragt hat, woher wir kämen und wie unser Leben vorher aussah, blieb er immer knapp und eintönig. Und ich selbst habe naturgemäß auch nichts gewusst. Oder kaum etwas. Ich war schließlich erst vier, als wir in Altenkamp eintrafen.« Sie schaute nachdenklich auf ihr Glas, trank es leer und setzte es ab. »Ich habe mich später dunkel daran erinnert, dass es immer Nico war, der für mich da war und mich versorgt hat. Ich habe euch erzählt, dass ich weder meinen Vater noch meine Mutter erlebt habe. Sie war kurz nach meiner Geburt gestorben, und er hatte sich mit einer anderen aus dem Staub gemacht.«

»Warte mal, bitte, Levke«, unterbrach Hajo sie. »Einer der Betreiber ist gerade draußen. Das Angebot sollten wir nutzen.« Er winkte zur Bude, und der junge Blonde hielt mit fragendem Blick sieben Finger hoch. Hajo hob den Daumen.

»Typisch Gastwirt!«, lachte Leif und Hajo nickte mit geschäftsmäßiger Miene.

»Können wir uns darauf verständigen, Hajo«, sagte Levke ungehalten, »dass wir eine Pause machen, wenn wir bestellen? Es ist wirklich nicht einfach, was ich zu erzählen habe.«

Sie kassierte die nächste Entschuldigung, und Hajo nahm ihr Lächeln dankbar entgegen. Nun lief *er* rot an. Es hat sich nichts verändert, dachte Leif.

Levke sammelte sich einen Moment, nahm dann den Faden wieder auf. »Ich habe euch später erzählt, dass wir in Hessen gelebt hatten. Das stimmt nicht.«

Unruhe kam auf, fragende Blicke wurden untereinander gewechselt.

»Habt ihr euch mal gefragt, woher der Name Wallerstam kommt? Opa hat jahrelang unter diesem Namen in Holland gelebt und war vorrangig damit beschäftigt, eine schwere Krankheit auszukurieren. Genauer gesagt, haben sich viele Ärzte bemüht, ihn wieder zum Leben zu erwecken und ihn da auch zu halten.«

»Mein Gott!«, sagte Arne, als Levke eine Pause einlegte. »Und das hat niemand gewusst? – Und wieso Holländer? Das hätte man doch an seiner Sprache hören müssen, oder?«

Sie schüttelte den Kopf. »Nein, Arne, er war kein Holländer.«

Sie holte tief Luft. »Er wurde als Robert Heymann 1914 auf Fehmarn geboren.«

Ratlos und schweigend schauten sich ihre Freunde an.

Vom Imbiss nahte der Blonde mit einem Tablett in der Hand. Eigentlich holte man seine Bestellung persönlich an der Ausgabe ab, aber der junge Mann hatte registriert, dass die Leute in den Körben in ein ernsthaftes Gespräch verwickelt waren. Er stellte das Tablett ab und lächelte Nele zu. Sie sah ihn nicht zum ersten Mal, denn er war Stammkunde in ihrem Salon. Wieder wünschte sie sich, dreißig Jahre jünger zu sein. Was für ein hübscher Bursche! Groß, schlank, Haare wie durch den Seewind verwuschelt. Sie wusste es besser, sie steckte stets viel Arbeit hinein. Sportlerfigur. Verbrachte die Nacht sicher auf seinem Surfbrett. Hatten solche Burschen auch ein Doppelbrett?

»Nele!« Sörens große Augen hinter der starken Brille und ein energischer Ruf holte sie in die Wirklichkeit zurück. »Hajo hat Prost gesagt.« Er warf dem Blonden einen wütenden Blick hinterher. Du hast es nötig, dachte sie.

Während Levke lächelnd ihre dritte Entschuldigung einsammeln durfte – *tut mir leid*, sagte Hajo, *dass ich gestört habe* – hoben sie die Gläser und Leif bat sie, fortzufahren.

Levke erzählte ihnen konzentriert und fließend von einem jungen Mann, der nach der Schulzeit auf Fehmarn nach Lübeck zog, dort ein Gymnasium besuchte.

Sein frühes Interesse für Bauwesen ließ ihn nach dem Abitur in einem Ingenieursbüro landen, wo er das praktische Rüstzeug für seine Leidenschaft erwarb. Nicos Fähigkeiten überzeugten seine Vorgesetzten und sie rieten ihm zu einem Studium.

»Inzwischen aber waren die Nazis an der Macht, die Lehranstalten waren gleichgeschaltet, und Nico blieb jeder Zugang verwehrt.« Levke blickte in die Runde.

Arne verstand sofort und mit einem Mal wurde ihm vieles klar. »Das heißt, er war …?«

Levke nickte. »Er war Jude. Es gab auf der Insel nicht viele, und er hatte das Pech, einer von ihnen zu sein.«

Betroffenheit machte sich breit.

»Und dann?«, fragte Sören.

»Zum Pech gesellt sich manchmal das Glück und Opa hatte das große Glück, seit seiner Kindheit einen der wunderbarsten Menschen zu kennen, die auf Gottes Erden weilten. Einer, den schon seine Eltern kannten und der den kleinen Nico sehr mochte.« Sie trank einen großen Schluck und fuhr fort. »Es war dein Großvater, Hajo. Harry Lüders. Der Bürgermeister von Altenkamp.«

Alle Augen richteten sich auf den Gastwirt.

»Das hast du nicht gewusst, richtig?«, fragte Levke sanft.

Ohne etwas zu sagen, etwas sagen zu *können*, schüttelte er langsam den Kopf.

»Dann geht es dir wie mir mit meinem Großvater. Alles was ich euch heute erzähle, habe ich erst nach und nach von ihm erfahren. Es hat Jahre gedauert. Er hat einfach nicht über die Zeit sprechen wollen. Viel später ist mir aufgefallen, dass sich beide Seiten in diesem Punkt gleichen; Täter wie Opfer, niemand wollte – und will! – reden. Niemand.«

»Das stimmt«, bekräftigte Hajo Lüders.

»Wenn ich nicht – da war ich acht Jahre alt – wenn mir nicht eines Tages ein Brief in die Hände gefallen wäre, ein Brief von Nico an meine Mutter, dann wüsste ich heute auch nur das, was ich euch bis jetzt berichtet habe. Er hatte diesen einen langen Brief geschrieben, den Umschlag zugeklebt und – ihn nie abgeschickt! Warum, weiß ich nicht, aber es war wohl derselbe Grund: Er wollte sich mitteilen und konnte es nicht. Selbst seiner Tochter gegenüber nicht. Aus Scham? Keine Ahnung. – Ich habe jedenfalls herausgefunden, was für ein Unrecht ihm hier – hier auf Fehmarn! – widerfahren ist. Es ist unvorstellbar! Und deshalb hat es auch so lange gedauert, bis ich wieder hier sein wollte.« Sie sah Leif an. »Nach meiner Schulzeit meine ich.«

Leif nickte. »Was hat er geschrieben?«

»Ich habe seinen Zeilen entnommen, dass Opa eine Zeit lang bei Harry Lüders im *Kroog* gearbeitet hat. In der Küche.« Sie lächelte. »Du musst jetzt nicht staunen, Hajo, damals war er mit seinen Händen sehr geschickt und hat sich auch keinen Finger abgeschnitten.« Sie machte eine Pause und sah zur Sonne, die den

Brink nach und nach in ein farbiges Licht tauchte. »Dein Großvater war ein glühender Demokrat, ein Menschenfreund, daher ein Verächter der Nazis, und er setzte alles daran, Nico eine weitere Ausbildung zu ermöglichen. Leider unterlag auch er dem Trugschluss, der braune Spuk hätte bald ein Ende. – Harry Lüders Ausstrahlung war enorm, und seine Meinung hatte großes Gewicht in Altenkamp und auf der ganzen Insel. Er war ein beliebter Bürgermeister, und die Faschisten hatten es schwer mit ihm. Er war kein Feigling und stemmte sich gegen die neuen Verordnungen, die von der Kreisleitung und der Ortsgruppe ergingen.«

»Trotzdem haben sie ihn soweit gekriegt, dass er sich aufgehängt hat.« Hajo sprach leise und mit gesenktem Kopf.

»Hajo, ich möchte dir nicht weh tun, aber wenn ich Opas Worte richtig interpretiere, hat er keinen Selbstmord begangen, sondern wurde umgebracht. Hier auf der Insel.«

Hajo Lüders schluckte, schaute Levke lange wortlos an, schloss die Augen und fragte: »Wusste Nico, von wem?«

»Nein. Das hat Opa nicht gewusst.«

Lüders hob die Lider, er schüttelte den Kopf und seine Augen waren feucht.

»Hajo!«, sagte Arne. »Das ändert für dich nichts nach so vielen Jahren. Du weißt jetzt umso mehr, was für tapferer Mann dein Großvater war.«

»Trotzdem …«

»Ich weiß, was du meinst, Hajo«, sagte Levke mitfühlend. »Du kannst davon ausgehen, dass der Mörder schon lange nicht mehr lebt. – Arne hat recht. Du wirst bald wissen, *wie* tapfer dein Opa war.«

Hans-Joachim Lüders hörte jetzt bewegt zu, was Levke Nissen mitzuteilen hatte. Er hörte, dass sein Großvater sich zunehmend gegen Versuche wehren musste, das Land nördlich von Altenkamp aufzukaufen und zu bebauen. Es gab damals schon Leute, die versuchten, mit solchen schönen Landschaften Gewinn zu machen und sie an reiche Urlauber zu verhökern. NS-Parteibonzen zeigten großes Interesse an solchen und ähnlichen Liegenschaften.

Und so fingen einige Einheimische an, Behausungen *vor* dem Deich, seeseitig, zu errichten, der zu dieser Zeit deutlich niedriger war als ein halbes Jahrhundert später. Ohne Genehmigung, gegen das Baurecht. Das Gelände vor einem Deich war tabu, durfte nicht erschlossen werden.

Lüders schritt sofort ein, musste sich von einigen Personen aber anhören, dass auch Heydrichs Frau das *Imbria Parva*, ihre reetgedeckte Pension, auf den Deich von Burgtiefe hatte bauen lassen, und ob sie denn wohl etwas Besonderes wäre und sich mehr rausnehmen könne als der einfache Mann von der Insel.

Jetzt steckte Harry Lüders in einer Zwickmühle. Er hasste Heydrich und seine ihm treu ergebene Gemahlin, war aber Realist genug, ihnen das – obendrein fertig errichtete Haus – im Nachhinein nicht abspenstig machen zu können. Zumal *die einfachen Männer von der Insel* genau wussten, dass er für die betreffende Gemeinde nicht zuständig war.

Die illegalen Machenschaften wurden munter weiterbetrieben, und da Lüders einer der wenigen war, die sich gegen die Möchtegerninvestoren wehrten, riet ihm ausgerechnet sein pfiffiger Küchenhelfer Robert Heymann, das Gebiet unter Naturschutz zu stellen. Lüders folgte seinem Rat und machte sofort eine Eingabe beim Amt für Landschaftspflege. Er erwähnte nichts von den Schwarzbauten, pries das Gelände als ideal für die Vögel an, die hier Rast machten, bevor sie in ihre Winterquartiere weiterzogen.

Erfreut erhielt er wenige Zeit später die Bewilligung mit amtlichem Siegel. Sofort informierte er die Schwarzbauer und wies ein Abbruchunternehmen an, die halb fertigen Bauten abzureißen. Den jungen Heymann ernannte er zum Leiter der Landschaftsgestaltung.

Wie es das Unglück wollte, erfuhr einer der Männer, dass Lüders einen *Judenlümmel* in seiner Küche beschäftigte. Der Denunziant war einer seiner Köche; das Küchenpersonal, das informiert war, hielt ansonsten dicht.

Der herrschende ideologische Zeitgeist ließ viele Insulaner in den Chor der Judenfeinde einstimmen. Bezeichnend für die Meinung vieler war allerdings, dass die Männer, die die Schwarzbauten hochziehen und sich an ihnen bereichern wollten, nicht viel von den Nazis hielten. Als Hauskäufer allerdings waren sie ihnen gut genug.

Sie entschlossen sich, den jungen Heymann nicht auszuliefern, sondern die Sache auf ihre eigene Weise zu regeln.

Arne unterbrach Levke an dieser Stelle. »Hast du die Namen dieser Halunken? Wer zum Teufel waren das? Kennen wir ihre Nachkommen?«

Sie überlegte lange, wobei sie ihren besten Freund aus Kindestagen intensiv ansah. Dann schüttelte sie den Kopf. »Nein, Arne. Und selbst wenn ich es wüsste, würde ich es dir nicht sagen. Es wäre auch nicht in Nicos Sinn, über Namen zu sprechen. Ich weiß nur: Ja, es gibt Nachkommen und sie haben Großvater erkannt. Obwohl er sich äußerlich sehr verändert hatte.«

»Was heißt: verändert?«, fragte Nele.

»Dazu komme ich jetzt«, antwortete Nicos oder Roberts Enkelin.

Bevor die Rohbauten abgerissen werden konnten, überfielen fünf Männer Heymann, als er einen Abendspaziergang durch den Brink machte, fesselten ihn und sperrten ihn in eines der Häuser. In das war ein Kamin eingebaut worden …

»… sie schlugen ihn mit Dachlatten, brachen ihm mehrere Knochen. Und dann, wie um das vorwegzunehmen, was einmal mit Opas Glaubensgefährten passieren sollte, zündeten sie Holz in dem Kamin an, verriegelten Türen und Fenster und stopften von oben Stroh in den Schornstein. Fast eine Stunde lag Nico in diesem Raum, mehr und mehr Qualm bildete sich. Es gelang ihm schließlich, sich zu befreien, aber er hatte bereits eine schwere Kohlenmonoxidvergiftung davongetragen.«

»Daher seine gedanklichen Ausfälle, seine holprige Sprache, seine körperlichen Einschränkungen«, stellte Arne fest, nachdem einige Zeit Stille herrschte.

»Genau. Es ist ein Wunder, dass er diese Tortur überlebt hat. Um es zum Abschluss zu bringen – Harry Lüders sorgte dafür, dass Nico schleunigst verschwand. Über einen Bekannten kam er nach Holland, änderte seinen Namen, wurde in eine Klinik eingewiesen und dort lange behandelt, bis die Wehrmacht das Land besetzte. Dann floh er in die Schweiz. Dort blieb er bis nach dem Krieg.«

»Glaubst du«, fragte Leif, »dass er ... na ja, dass er geistige Schäden behalten hatte?«

»Was meinst du denn damit?«, brauste sein Bruder auf.

»Arne! Es ist doch nicht normal, wie ein Indianer durch die Gegend zu laufen. Das machen Kinder wie wir damals, aber doch niemand mit Anfang sechzig.«

»Leif hat nicht unrecht«, lächelte Levke beschwichtigend. »Der Grund ist einfach: Die Vergiftung und die große Hitze in dem Raum – so haben die Ärzte es ihm damals erklärt – haben dafür gesorgt, dass er quasi ausgetrocknet war. Seine Drüsen haben so gut wie keinen Schweiß mehr erzeugt. Nico litt bei Hitze und deshalb zog er nur das Notwendigste an.«

»Vielleicht«, grinste Sören, »ist er deshalb so alt geworden. Gut geräuchert hält länger.«

»Du bist so ein Arsch, Sören Dettmann!«, brauste Nele auf.

»Lass gut sein, Nele!«, lachte Levke. »Er liegt nicht mal falsch. Opa hat öfter damit kokettiert, dass die Ärzte von einem Wunder gesprochen haben, er aber tatsächlich gegen diverse Krankheiten immun geworden war.«

Es war so viel auf die Freunde eingestürzt, dass sie eine Pause brauchten. Levke und Arne blieben bei den Körben, Sören, Leif und Hajo holten neue Getränke und einen Imbiss, Norma und Nele gingen zum Strand hinunter.

»Du weißt wirklich nicht, wer die Verbrecher waren?«, fragte Arne.

Levke schüttelte den Kopf. »Nein. Es waren Männer von der Insel, so viel steht fest. Aber wer? Selbst wenn Opa sie genannt hätte – es ist zu lange her, und ich will nicht, dass jemand in Sippenhaft genommen wird.«

»Aber – wenn ihre Söhne die Wahrheit kennen?«

»Auch dann nicht, Arne! Opa hat bei euch so ein schönes Leben gehabt, ist für vieles entschädigt worden, es braucht keine Vergeltung.«

Arne nickte und nahm ihre Hand. »Na schön«, lächelte er.

»Mir ist ein Gedanke gekommen«, sagte Leif, als die Runde wieder komplett war und sie in ihre Fischbrötchen und Burger bissen. Er wandte sich an Norma. »Dein Mann hat mir erzählt, dass vier Brände in den letzten Tagen wohl von dem Serientäter stammen. Noch einer, und man könnte meinen, …«

»Weiß Sören vielleicht etwas Näheres?«, fragte Hajo.

»Was soll das denn heißen, Mann? Mein Beruf ist Makler. Ich kaufe und verkaufe anderer Leute Häuser, egal, in welchem Zustand und wie sie dahin gekommen sind, klar? Du willst mir ja wohl nichts unterstellen!«

»Lass mal, Hajo«, feixte Nele Grootmaak. »Die einzigen Brandherde, für die mein Sören in Frage kommt, sind die Trockenhauben, die er anschleppt. Die haben mir schon fast einige Kundinnen abgefackelt.«

»Mal ganz was anderes«, sagte Levke. Mit einer Handbewegung schien sie das Thema beenden zu wollen. »Ich habe eine Bitte an euch.«

Die anderen sahen sie interessiert an.

»Es geht um meinen Sohn. Ihr müsst mir versprechen, Malte nichts von dem zu erzählen, was ihr heute gehört habt. Es würde ihn überfordern. Einverstanden?«

Es gab keinen Widerspruch.

»Er wird genug daran zu knabbern haben«, schob sie nach, »dass ich und sein Vater getrennte Wege gehen.«

»Was?« Norma war so überrascht wie die anderen. »Nach so langer Zeit?«

»Tja, in zwei Jahren hätten wir 25-jähriges. Aber es ging nicht mehr. Seit zwei Jahren nicht.«

»Malte wird es verkraften«, sagte Arne knapp.

Sie tranken und aßen schweigsam und jeder hing seinen Gedanken nach. Die glutrote Sonne stand dicht über dem Horizont, der Wind war eingeschlafen, und an den Binnenseen suchten die Wasservögel langsam ihre Nester auf.

Levke schaute auf die sich kräuselnden Wellen der Ostsee, ihr Blick erfasste das atemberaubende Panorama des sanft zur

See abfallenden Brinks, die Dünen, das Gras, das sandige Ufer, die hellen, vom Wasser eingerahmten Sandbänke. Im Westen, vor dem Sonnenuntergang, der die Landschaft in farbiges Licht tauchte und der bei aller Pracht so gar nichts von kitschiger Postkartenidylle hatte, ahnte sie das schlichte Kreuz des Niobe-Denkmals, das sich hinter Bäumen versteckte.

Die natürliche Schönheit des Grünen Brinks versetzte ihr einen Schmerz, der tief in ihr Innerstes drang. Ihr wurde bewusst, wie sehr sie diesen Anblick vermisst hatte.

Früh war ihr damals klar gewesen, dass sie diese Insel, die ihr im Winter so eintönig vorkam, verlassen musste.

Ihr Ehrgeiz hatte ihren Weg vorgezeichnet, die harte Ausbildung, ihren Aufstieg zu einer der renommiertesten Rechtsanwältin Hamburgs, Fachgebiet Familienrecht.

Immer jedoch steckte ein Stachel in ihrer Seele, eine Unruhe trieb sie um, von der sie nie gewusst hatte, woher sie kam.

Jetzt, beim Blick auf diese Landschaft, beim Geruch der salzigen Luft, wurde ihr klar, was sie all die Jahre vermisst hatte.

Levke schloss die Augen und atmete tief durch.

Dann lachte sie in sich hinein. Sie hatte immer zu den Menschen gehört, die sich über die Umwandlung von Immobilien in Ferienhäuser ereifert hatten. Mit einem Mal reifte in ihr der Wunsch, sich hier ganz in der Nähe eine Urlaubsunterkunft zu kaufen. Vielleicht wurde gerade ein Haus frei. Wegen Kurzschluss.

Plötzlich schoss ihr Leifs Bemerkung durch den Kopf. *Noch einer, und man könnte meinen, …*

Auch sie hatte schon solche Überlegungen angestellt.

Nein, es war unmöglich. Er konnte den Brief nicht gefunden haben.

Oder?

24

Absenktunnel – Kilometer Null

Bevor dieser denkwürdige Tag endete, sollten die Bewohner Altenkamps ihre Meinung zu Nico Wallerstam überdacht haben. Der Mann, den sie zeit seines Lebens hinter vorgehaltener Hand verhöhnt und verlacht und den sie für einen, im besten Fall harmlosen, Spinner gehalten hatten, dieser Mann musste ihnen jetzt, ein paar Jahre nach seinem Tod, als ein weiser, ein vorausschauender Zeitgenosse vorgekommen sein.

Einer, der mit geheimnisvollen Mächten im Bunde gestanden hatte.

Nico Wallerstam war ein Seher gewesen, ein Deuter der Natur. Er hatte die Ereignisse vorhergesehen. Nur ihren Ausgang hätte selbst er nicht vermutet. Nicht so.

Alles begann im kleinen Hafen Orth, einem begehrten Surfrevier, wenige Kilometer entfernt von Kay-Dante Pfeffer-Ulmens neu erstandenem, zukünftigem Urlaubsdomizil.

Ein Dutzend junger Leute vergnügten sich in den Wellen, die der endlich einmal kräftige Südwestwind aufwarf, Wellen, die gerade hoch genug waren für schnelle Fahrten und waghalsige Manöver auf ihren Brettern.

Wie außer Kontrolle geratene Monde in der Frühphase tanzten bunte Lenkdrachen durch den strahlend blauen, wolkenlosen Himmel. Sie zogen schnittige Boards über das Wasser und die geübten Hände der Kite-Surfer nahmen dem Tanz seine Zufälligkeit.

Regisseur Pfeffer-Ulmen bereitete die Filmcrew auf den Dreh an der Adolf-Hitler-Mole vor. Genügend Material war zusammengetragen worden, und jetzt begann der letzte Abschnitt seines späten, aber steilen Karrieresprungs.

Er würde – und dies höchstpersönlich! – der Welt Fakten präsentieren, die ihr vor Staunen den Atem rauben sollten. Der Historie würden Geheimnisse entrissen, von denen selbst engste Vertraute Adolf Hitlers nichts geahnt hatten.

Am Fährhafen Puttgarden fand ein großes Treffen statt, im wiederholten Versuch, die Parteien, die mit der geplanten Beltquerung befasst waren und sich unversöhnlich gegenüberstanden, einander näherzubringen. Für die dänische Staatsregierung war der Verkehrsminister vor Ort, auch die schleswig-holsteinische Administration hatte den Ressortchef entsandt.

Teilnehmer des Dialogforums, in dem man sich bemühte, Wege des Miteinanders zu finden und beim Bürger für Transparenz zu sorgen, waren ebenso vertreten wie verantwortliche Mitarbeiter von Femern A/S, dem Bauträger des Tunnels, sowie Abgesandte der Bahn AG.

Die Bürgerinitiativen, die zum Boykott der Querung aufriefen, standen mit ihren Transparenten, Schildern und blauen Kreuzen vor dem Bahnhofsgebäude, flankiert von Krankenwagen und Einsatzfahrzeugen der Freiwilligen Feuerwehren Bannesdorf und Altenkamp. Wegen der Hitze wollte man gewappnet sein für den Fall von Kreislaufproblemen.

»Kuckt mal!«, rief eine der Surferinnen ihren Gefährten zu. »Da hinten! Was ist das denn?«

»Das sieht merkwürdig aus«, stellte Wenke Nissen fest. Sie drehte sich nach ihrem Mann um. »Malte?« Sie bekam keine Antwort. »Malte?« Seltsam. Vorhin noch war er ganz in ihrer Nähe gewesen. Auch am Strand war er nicht zu entdecken. Sie ahnte nicht, was sich in diesen Sekunden in ihrem Rücken abspielte.

Direkt vor der Küste baute sich, langsam und gespenstisch leise, eine Nebelwand auf. Sie wuchs und wuchs und unvermittelt nahm der Wind weiter zu, wurde zu einem Sturm, der die Kitesegel in alle Richtungen warf. Aus der Nebelwand heraus schossen plötzlich meterhohe Wellen, die weiße Schaumkronen auf ihren Kämmen trugen.

»Weg!«, schrie einer der Surfer, der die Gefahr sofort erkannte. »Raus aus dem Wasser! Schnell!«

Zu spät. Die haushohen Wellen rasten an den Strand und rissen die jungen Leute mit sich. Ihnen flogen Bretter und Segel um die Ohren und sie konnten später von Glück reden, dass es bei Knochenbrüchen und Platzwunden blieb.

Wenke, die auf eine grasbewachsene Böschung geschleudert worden war, musste nun mit ansehen, wie sich auf der Ostsee eine riesige weiße Wolke bildete, die hunderte Meter in den Himmel stieg.

Es war eine weiße Bö!

Es war das Naturereignis, von dem Nico Wallerstam oft gesprochen hatte und an das niemand glauben wollte. Die Bö, die die *Niobe* vor vielen Jahren in die Tiefe gerissen und neunundsechzig Mann getötet hatte.

Im Unterschied zu damals, als ihr Vernichtungswerk auf offener See stattfand, stieg die Bö diesmal in unmittelbarer Nähe der Küste auf; die mächtigen Wellen ließen den Wasserspiegel der Orther Reede steigen, sie überspülten den Deich und zerschmetterten dutzende der Segeljachten, die im kleinen Hafen lagen.

Verstärkt vom kräftigen Seewind raste der Sturm, der aus der Nebelwand gekommen war, über den Ort hinweg ins Landesinnere.

»Diesmal ohne Klappe!«, rief Pfeffer-Ulmen in Sorge um seine Trommelfelle. Der Assistent, der die schwarz-weiß schraffierte Bake erwartungsfroh gehoben hatte, sah ihn enttäuscht an.

»Gleich drehen! Ton und Kamera ab!«

»Ton läuft!«

»Kamera auch!«

»Die Adolf-Hitler-Mole und ihre Geschichte. Die Erste!«, rief Pfeffer-Ulmen und machte den Assistenten komplett beschäftigungslos.

»Meine sehr verehrten ... Hast du die Mole genau hinter mir, Walter? ... Gut! ... Meine Damen und Herren! Liebe Zuschauer! Was Sie hinter mir sehen, wird Ihnen im ersten Moment wie eine unscheinbare Aufreihung moosbewachsener Steine vorkommen und Sie haben nicht unrecht. Und doch stehen wir vor einem geschichtsträchtigen Monument!«

Malte Nissen stieg in seinen Wagen, warf einen zufriedenen Blick zurück auf das brennende Landhaus des früheren Bauern Ole Hinrichs.

Der war der Letzte in der Reihe, dachte Malte grimmig lächelnd, froh, seinen Urgroßvater für die Schandtaten ihrer Vorfahren gerächt zu haben, aber auch froh, dass es vorbei war.

Die Brände schienen ihm eine angemessene Strafe für die Qualen, die Nico Wallerstam hatte erdulden müssen, angemessen auch in ihrer Verhältnismäßigkeit. Es wäre nie so weit gekommen, wenn die Söhne dieser Unmenschen deren Taten verurteilt und sich bei Nico oder seiner Tochter entschuldigt hätten. Ausweichende, unsichere Blicke – die Alten hatten ihn wiedererkannt, ohne Zweifel, und ihren Söhnen vermutlich gesagt, um wen es sich handelte und was sie mit ihm zu tun gehabt hatten.

Trotzdem: Sein Uropa war alt geworden, hatte bei allen körperlichen Einschränkungen ein erfülltes Leben gehabt, gestützt von der Liebe seiner Enkelin und seines Urenkels. Getragen auch von der Freundschaft zu Arne Johnsen und dessen Eltern. Seine Peiniger hatten Nico nicht den Lebensmut nehmen können.

Mit etwas Glück kämen sie ihm nicht auf die Spur. Levke würde nie erfahren, dass er Nicos Brief an seine Tochter durch einen Zufall gefunden hatte. Es blieb ein Rätsel, warum Uropa ihn nicht abschickt hatte. Ein Schreiben von Freya, welches Licht in das Dunkel hätte bringen können, hatte er jedenfalls nicht entdecken können.

Sinnierend starrte Malte in das Feuer des nun lichterloh brennenden Hauses. Natürlich hatte er sich zeitig versichert, dass niemand auf dem Anwesen sein würde. Es tat ihm leid um Wiebkes prächtige Behausung, aber darauf konnte er keine Rücksicht nehmen.

Durch das Knistern der Flammen hörte Malte plötzlich ein Fauchen, das durch das offene Wagenfenster drang. Er drehte sich um und sah, wie sich Baumkronen in seine Richtung bogen und Gegenstände umherflogen.

Dann fuhr der Sturm mit einem lauten Brüllen über ihn hinweg, ein Ast wurde durch das Fenster katapultiert und schlitzte ihm das Hemd auf. Er fühlte, wie Blut den verschrammten Arm herunterlief.

Binnen Sekunden war es vorbei, das Brüllen ging in ein Jaulen über, das sich rasch entfernte.

Erschreckt sah Malte Nissen, dass der Sturm die Flammen vom Wohnhaus in das vertrocknete Laub der umstehenden Bäume drückte und bald eine riesige Feuerwalze vor sich hertrieb.

Auf der provisorisch errichteten, überdachten und künstlich kühl gehaltenen Plattform am Puttgardener Fährhafen wurden dänische Spezialitäten gereicht, Fischhäppchen, verschiedene Sorten Smørrebrød, gerolltes Bauchfleisch mit Kräuterfüllung (Rullepølse). Nachdem sie ihren Magen mit Gammel Dansk, einem Kräuterbitter, beruhigt hatten, labten sich die Teilnehmer am Frokostteller, einer Mischung aus Frühstück und Mittagessen, bestehend unter anderem aus Schweinebraten mit Schwarte, Krabben, Roastbeef. Danach wurde Rote Grütze gereicht. Zu trinken gab es Øl, dänisches Bier also, zu dem der traditionelle Akvavit serviert wurde.

Draußen vor der Bahnhofshalle gab es einen Stand mit Knackwurst. Femern A/S ließ als Zeichen des guten Willen stilles Wasser verteilen.

Auf dem Podium begann nun der Verkehrsminister Schleswig-Holsteins seine Rede.

Da sich der Dokumentarfilmer Kay-Dante Pfeffer-Ulmen am Grünen Brink aufhielt, konnte er nicht sehen, wie die Feuerwalze seine neue Ferienunterkunft erreichte und Ole Hinrichs Plan, die Cannabispflanzen abzuernten, vor der Zeit zunichtemachte.

Binnen Minuten wurde die mühsam gepflegte Plantage ein Opfer der Flammen, und der sich nun langsam abschwächende Sturm blies eine schmutzig graue Wolke weiter Richtung Nordost. Sie erreichte den Grünen Brink, wo auflandiger Wind sie die Küste entlang zur Mole trieb.

Die Flyer, die unter den Protestlern in Puttgarden vertrieben wurden, stammten nicht von Femern A/S. Auf ihnen stand nur ein Text.

Es waren Arne Johnsen, Maike Hinrichs, Nele Grootmaak und Hajo Lüders, die die Blätter unter den schwitzenden Menschen verteilten.

Auf einer Kunststoffbox stehend, in der sie sich mittags noch Waren aus Lübeck hatte zustellen lassen, ein Megaphon in der Hand, stimmte Norma Thode ein Lied an, das kaum jemandem der Anwesenden bekannt, aber wegen des schlichten Textes und der eingehenden Melodie einfach mitzusingen war.

Schön war sie, die Prärie.
Alles war wunderbar.
Da kam an, weißer Mann,
wollte bauen Eisenbahn.

Norma dirigierte und rief: Ja! Ja! Ja!
Und laut sang die Menge:

Da sprach der alte Häuptling der Indianer:
Wild ist der Westen, schwer ist der Beruf.
Uff! Uff! Uff!

»Diese Mole war der Ausgangspunkt für die Erschaffung eines gigantischen, eines zukunftsträchtigen Hafens«, setzte Pfeffer-Ulmen seine Erläuterungen fort. »Von hier aus sollten Schiffe das gesamte Baltikum befahren, Fähren Menschen und Fahrzeuge nach Skandinavien transportieren, und das alles sollte später einem Tunnel weichen. Diese Pläne …«

Am Fährhafen zog der Minister ein erstes Resümee. »Dieser Hafen, meine sehr verehrten Damen und Herren, wird stets eine fruchtbare Ergänzung zu dem Tunnel zwischen unserem Land und unseren dänischen Nachbarn sein. Und allen Skeptikern sage ich heute: Wir stehen hier Hand in Hand mit unseren skandinavischen Freunden und wir werden diesen Tunnel bauen, komme, was da wolle!«

Draußen stimmten die Tunnelgegner, die *Beltretter*, wie sie sich selbst nannten, die zweite Strophe des Liedes an:

Böse geht er nach Haus,
und er gräbt Kriegsbeil aus.
Seine Frau nimmt ihm keck
Kriegsbeil und Lasso weg.

Norma: Ja! Ja! Ja!

Da sprach der alte Häuptling der Indianer:
Wild ist der Westen, schwer ist der Beruf.
Uff! Uff! Uff!

»Schaut mal, wer da kommt!«, rief Nele in das Ende des Gesangs. »Ich glaub das nicht!«

Hand in Hand, beide mit einem Lächeln auf den Lippen, gesellten sich Levke Nissen und Leif Johnsen zur Menge. Sie sahen einander glücklich an, Arne klopfte seinem Bruder auf die Schulter und Nele schloss Levke in die Arme. Einzig Hajo Lüders machte ein verdrossenes Gesicht. Er hat es ja immer gewusst!

Die Wolke aus frisch verbranntem Cannabis erreichte die Adolf-Hitler-Mole und setzte sich in den Nasen von Kameramann, Beleuchter, Tontechniker und Produzent nieder. Ja, Gerd Möller war persönlich auf die Insel gereist, nachdem er sich von der Euphorie Pfeffer-Ulmens hatte anstecken lassen.

Auch die Sinne des Regisseurs und Moderators (Alwin saß zusammen mit dem todtraurigen Assistenten abseits auf einer Düne) wurden von der Droge mit voller Wucht erweckt und geschärft. »Der Führer, ein Naturfreund durch und durch, vereitelte die Pläne. *Hier wird nicht gebaut,* sagte er, als er genau an der Stelle stand, an der ich jetzt stehe. Es wäre ein Frevel an der Natur. Und ich verkünde hier und heute, dass ich all meine Expansionspläne in den Papierkorb werfen und sofortige, demokratische Neuwahlen veranlassen werde.« Pfeffer-Ulmen lächelte glückselig in die Kamera. »Mit mir als Kaiser natürlich, betonte Hitler.«

Mit unverminderter Stärke zog die Wolke weiter gen Osten und breitete sich über den Fährhafen Puttgarden aus, wo just in diesem Moment der dänische Verkehrsminister seine Rede in beachtenswert gutem Deutsch hielt.

»Niemand wird unsere Pläne vereiteln. Hier wird gebaut … (Pause, in der der Herr Minister tief durchatmete, wonach ihn ein heftiger Schwindel erfasste) … Ich verkünde hier und heute, dass wir all unsere Tunnelpläne in den Papierkorb werfen und Femern A/S zusammen mit Scandlines neue, umweltfreundliche Schiffe bauen wird, die den Belt zum Nulltarif kreuzen werden. Alles andere wäre ein Frevel an Mensch und Umwelt.«

Draußen sang man:

Häuptling schrie ziemlich laut,
fuhr fast aus roter Haut.
Seine Frau nahm den Pfeil,
stach ihm ins Hinterteil

Ja! Ja! Ja!

Da sprach der alte Häuptling der Indianer:
Wild ist der Westen, schwer ist der Beruf.
Uff! Uff! Uff!

ENDE *(Uff!)*

Nachwort

Liebe Leserin, lieber Leser,

sollten Sie im Jahrhundertsommer des Jahres 2018 zu den Besuchern dieser schönen Insel gezählt haben, oder sind Sie gar Bewohner, könnten Sie irgendwann in jenen Tagen ein Ihnen unerklärliches, langanhaltendes Glücksmoment verspürt haben, dessen Ursache nicht allein dem traumhaften Wetter zuzuschreiben war.
Die Betroffenen unter Ihnen bedauern sicher noch heute, dass dieses Gefühl am nächsten Tag wieder verflogen war.

So ging es auch den Kontrahenten in Puttgarden, die für ein paar Stunden ahnen durften, wie man ohne das Diktat des Fortschritts miteinander leben könnte.

Hätte Hitlers Leibarzt die Idee Sören Dettmanns in die Tat umgesetzt, der Welt wäre vermutlich viel Kummer und Leid erspart geblieben.

Kay-Dante Pfeffer-Ulmen war froh, dass seine Sendung aufgezeichnet und nicht live gesendet wurde. Er ist heute im Ruhestand und lebt mit Frau und Hund Alwin in Thailand.

Personenregister

Die Kinder vom Brink (1974):

Sören Dettmann
Nele Grootmaak
Arne Johnsen
Leif Johnsen

Hajo Lüders
Levke Petersen
Norma Wielandt

Bürger von Altenkamp und Restfehmarn (2018):

Nico Wallerstam (†)
Enkelin **Levke** Nissen
ihr Sohn Malte

Faktotum auf dem Hof der Johnsens
Rechtsanwältin

Reimer Johnsen
Ehefrau Frieda
Sohn **Arne**
Frau Solveig
beider Tochter Wenke
Sohn **Leif**
Frau Jytte, Sohn Palle (beide †)

Landwirt

Journalist und Biobauer

Bauingenieur

Sören Dettmann
Freundin **Nele**

Immobilienmakler
Besitzerin eines Friseursalons

Norma Thode
Ehemann Thilo

Betreiberin eines Kaufladens
Wehrführer bei der Feuerwehr

Hajo Lüders
Ehefrau Ylvi
Vater Fritz
Großvater Harry (†)

Gastwirt

Gastwirt im Ruhestand
Gastwirt, Bürgermeister

Matthäus Blank
Ehefrau Herma

Landwirt

Ole Hinrichs
Tochter Maike

ehemals Landwirt, jetzt Investor

Hermann Konietzka (Doorni)

Lagerarbeiter auf einer Fähre

Ernst Naujoks

Inhaber einer Tischlerei

Julius Wachsmuth

Dorfpolizist

Max Zuppke (†)

Dorfschullehrer

Heinz Struwe

Landwirt

Friedchen Kühn	Rentnerin
Eugen Stachow	pensionierter Lehrer
Hanno Bartels	Großzüchter
Herr Ulrich	Dorfpastor
Schorsch Meier	Landwirt

Sonstige:

Kay-Dante Pfeffer-Ulmen	Dokumentarfilmer
Filmcrew:	
Alwin	Kommentator
Walter	Kameramann
Sonja	Buchhalterin
Stegmann	Assistent
Raabe	Beleuchter
Dreisam	Tontechniker
Ohne Namen	Klappenschläger
Gerd Möller	Produzent

Inhalt

Alle geschilderten Ereignisse, Personen, Namen, Orte, Daten und Institutionen – ausgenommen zeitgeschichtliche oder historisch bekannte – sind von mir erfunden.

Mein Dank
Ich bedanke mich bei Marianne Ochsen, Ulrich Minde und Hans-Udo Zenneck für ihre Unterstützung.
Walter Meß danke ich für die korrekte Schreibweise der plattdeutschen Passagen.

Meiner Frau danke ich für die Geduld, die sie mit mir hat.

B. S.